문원당文原堂의 사계四季

시와소금 산문선 · 11

문원당文原堂의 사계四季

김계남 수필집

시와소금

- 강원도 강릉 출생으로 강릉사범학교 병설중학교를 거쳐 강릉여고를 졸업 후, 강릉 가톨릭관동대학교 경영학과(교직과목 이수)를 졸업했다.
- 2006년 《수필시대》 신인상 당선으로 등단했으며, 여행기로 『바람의 사람들』이 있다.
- 한국걸스카우트 강원영서연맹 부연맹장과 중앙연맹 대의원, 한국걸스카우트 아 · 태 지구위원회 회원이었으며, 강원 홍천전통불한증막을 운영했다.
- 현재 한국가톨릭문인회 회원, 강원문인회 이사, 강원여성문인회 이사, 청하문학회 중앙이사, 춘천여성문학회 회장으로 활동하고 있다.
- 2017년 강원여성문학상 우수상을 수상하였다.

- 이메일 : kkn705@hanmail.net

자유로운 감성과 영성으로

지난여름은 팔십 년을 에어컨 없이 살아온 시골 노인들까지 에어컨을 설치하는 진풍경이 벌어지기도 했습니다. 그러나 속일 수 없는 절기는 한 치 오차 없이 열기를 식히고 가을을 불러 주었습니다.

살아오면서 아름답고 아프고 시린 크고 작은 편린들을 불러놓고 보니 마치 비밀의 병을 고백하고 처방을 기다리는 듯 두렵고 부끄러우나 한편 설레기도 합니다.

특별한 글 스승도 격식도 없이 자유로운 감성과 영성으로 엮어진 글들입니다. 우주의 유형무형한 만물과 또 만나고 부딪치고 관계하며 살아온 사랑하는 모든 인연이 내 스승이고 질서였고 힘이었으며 영혼과 육신이 허기질 때 채워주는 위로였습니다. 자라고 살아온 기억들을 한데 모아 엮어낼 수 있음은 축복이고 영원히 잊지 못할 추억이 될 것입니다.

조금은 다르게 살아온 여정이 누구에겐가에 동감과 귀감으로 기억될 수 있으면 참 좋겠습니다. 늦게 시작한 글쓰기였지만 수리부엉이는 황혼에 날아오른다지요. 옷을 단정히 다려 입고 칼날을 갈 듯 여물게 알곡으로 갈고 닦아 내 삶의 저녁을 더욱 아름답고 풍요롭게 물들여 보겠습니다.

　　미거한 첫 출판에 높고 귀한 축하와 격려의 글로 자유로운 영혼에 날개를 달아주신 신달자(시인) 님과 김운회(한국천주교 춘천교구장) 루카 주교님, 오정희(소설가) 님께 하늘의 언어인 감사라는 말을 존경과 흠모의 마음을 담아서 올립니다.
　　이 수필집이 세상에 나오도록 많은 애를 써주신 도서출판 시와소금 편집진께도 깊이 감사드립니다.

　　시시로 순례의 향기와 좋은 글을 주시어 영성의 매무새 고쳐 입게 하신 배광하(춘천교구 영동사목센타 관장) 치리아꼬 신부님. 내일도 글창을 열고 기다리겠습니다.

　　결혼 45주년 기념식을 이름하여 홍옥혼식(紅玉婚式)이라고 합니다. 올해로 꼭 45년을 함께한 나의 반쪽, 유년 시절 바다와 솔밭 사이에 걸린 무지개를 좇아 마냥 달렸다던 빨간 자전거님! 컴맹에 가까운 무지개를 위해 동분서주해 준 노고, 잊지 않겠습니다.

2018년 10월, 감이 익을 무렵
문원당에서 김계남

| 차례 |

| 책 머리에 |

제1부 | 유년의 뜰

제2부 | 감성과 영성

제3부 | 문원당과 한증막

제4부 | 생의 편린

제5부 | 기고문

축하의 글 | 김운회 루카 주교

발문 | 신달자

제1부

유년의 뜰

향리鄕里

내가 네 살 때 아버지 근무처 옆 마당 넓은 집 사랑채에 살았다.

설달 보름날 밤, 어머니는 네 살배기 나를 안채에 보내며 가위를 얻어 오라셨다. 초저녁인데도 뜰에 나서니 달이 얼마나 밝은지 대낮 같고 달이 흐르는 느낌을 받았고 어린 마음에도 어떤 신비감에 사로잡혔다. 가위를 얻어 오라 함은 사람의 도움을 요청하는 일이었음을 늦게 알았다. 어머니는 소리 소문도 없이 그렇게 삼대독자 아들을 낳으셨다. 보름 만월을 받았음인지 피부가 유난히 희고 맑은 아이였다. 그후 바로 관사를 새로 지어 이사했다. 일본식 일자형인 새집은 쾌적하고 편안했다. 골마루 끝에 화장실이 입식으로 달렸고 부엌엔 큰 가마솥도 달렸다. 사랑방 이 층 벽장을 이층집처럼 올라 뛰어내리며 놀았다. 왕대밭이 울타리를 이루었고 큰길 건너편에 제방 둑이 있는 곳이었다.

일곱 살의 같이 놀던 친구들은 취학통지서를 받았는데 나는 나오지 않았다. 아버지를 졸라 입학식 날 줄을 서 있는 아이들 틈에 끼워 넣어 주어 옥계초등학교 1학년이 되었다. 시계 보는 법을 처음 배우던 날 시곗바늘을 돌려 놓고 선생님은 나를 지적했다. 아직은 정확하게 파악 못 했을 때다. 그런데 영감이, 뇌파가 시키는 대로 대답을 했는데 정확한 답을 맞힌 것이다. 지금 생각해도 불가사의한 한 자락이다. 초여름 백 말 해 정오에 친구 집에서 놀다 돌아오니 막내 여동생이 태어났는데 아 버지가 근무 중에 와 계셨고 제일 좋은 집에서 태어난 막내 여동생이 다. 우리 집 부엌에선 어머니의 간장 달이는 냄새와 따끈따끈한 방바닥 이 포근했고 하교하면 새로 사다 놓은 예쁜 스웨터가 이불보 위에 놓 여있고 내리쪼이는 햇볕이 마룻바닥에 내려앉는 행복한 집이었다.

크리스마스가 되면 방안엔 남폿불에 기름을 더 넣고 심지를 돋우면 밝은 불빛 아래 알록달록한 과자 상자들이 많았다. 새벽녘에 "고요 한 밤! 거룩한 밤!"의 노래가 울려 퍼지면 미리 준비해 두었던 과자 상 자를 내어주며 "메리 크리스마스!"하며 인사했다. 교회와는 전혀 상관 없는 유교 집안이었지만 괜히 어린 마음에도 함께 기분이 들뜨곤 했 다. 3학년을 마치고 남양리에 계시는 할아버지 댁과 합치게 되었다. 자 동으로 전학생이 되었다. 학교는 환경이 달랐다. 책·걸상도 없고 동 급 반 친구들은 거의 다 나보다 한두 세 살이 많았다. 그리고 남녀 합 반이었다. 화장실은 무서웠다. 그 어린아이들은 한 명도 그런 화장실 에서 실수라도 빠졌다는 소리를 못 들었으니 너무 똑똑하고 신기할 따 름이다. 예쁘게 차려입고 첫 등교 하던 날 동급 반 남자아이 하나는 자기 엄마한테 선녀 같다고 했단다. 담임 선생님은 음악 시간에는 자 습을 시켰다. 풍금을 못 쳐서… 선생님은 내게 국어책을 읽게 했다. 배운 대로 팔을 쭉 뻗고 읽었더니 그로부터 전 학년을 그렇게 하라고 했다. 또랑또랑하게 책을 잘 읽었던 나를 장학사가 오는 날은 꼭 책을 읽게 했다. 학예회 때는 독창과 무용을 맡았다.

그러나 나눗셈을 익히는 데는 시간이 걸렸고 지금도 셈을 하는 일은 머리가 아프다. 시골이라선지 자주 야외 실습이 많았다. 뽕잎을 따고 풀도 뽑고 학교마당 조경을 위해 전교생들을 데리고 금진리(지금 헌화로)에 있는 바닷가 산 위에 향나무가 많았는데 그것들을 파서 학교 마당에 심고 백봉령 밑 산에 자라는 회양목도 캐어다 심어 조경을 우리 손으로 했다. 몸이 약한 난 참 싫었다. 몸에 부쳤다. 어느 여름날 학질에 걸리고 말았다. 오전엔 씩씩하게 등교했다가 오후만 되면 오한이 나서 학교 잔디밭에 엎드려 햇볕을 쬐고 있으면 할아버지가 업으러 오셨다. 아버지의 주선으로 의사 선생님의 왕진 몇 번에 나았다.

반 급우들이 반장을 위시해서 한동네에 많이 살고 있었다. 반장이었던 정형은 명석한 두뇌와 학구열은 높았지만 가정형편상 꿈을 키우지 못해 항상 가슴이 시렸다. 유난히 콧물이 많았던 바로 아랫집에 살던 권형은 아버지가 다녔던 학교에서 토목공학을 전공하고 고희의 나이에도 현장 감독직에 있으면서 선배이기도 한 내 아버지를 살아생전에 남다른 관심으로 배려했었다. 대나무와 인연이 깊은지 집 뒤편엔 대나무가 병풍처럼 둘러쳐져 있었고 윗녘 화단엔 옥매화와 작약 모란이 아름드리로 피었고 석류가 익어 붉은 속살을 드러내면 벌과 나비가 향연을 벌였다. 무궁화 울타리 속에 아랫녘엔 과수원이었다. 학교에서 돌아오면 밥보다 먼저 사과나무로 올라갔다. 마을엔 김 씨 집성촌처럼 작은댁들과 함께 살았다. 명절 때면 모두 종갓집인 우리 집에 모여 준비하고 치른다. 동짓날 새알 옹심이를 모여 빚다가 대밭에 새알이 많다고 주워 오라는 고모 말에 귀 얇은 난 평소에 대밭에 진을 치고 살아가는 참새 떼를 생각하고 전등을 들고 찾아 나서기도 했다. 집안에서고 마을에서고 거칠 것이 없던 삼대독자 남동생은 다섯 살에 할아버지께서 서당에 입당시켰다. 전부 청년들 틈에서 천자문을 읽다 잠이 들면 훈장님이 옆에다 재우고 할아버지가 업어 오곤 했다. 난, 그 덕에 어깨너머로 천자문을 줄줄 외웠다.

아버지의 큰 자전거를 안장 밑으로 짧은 다리를 집어넣고 좁은 시골길을 어찌나 잘 달렸는지 순발력이 대단했다. 학교 선생님들은 새로 부임해 오면 우리 집에 꼭 인사하러 오셨다. 교장 선생님 관사에도 오고 가며 지냈다. 아이들 급식용 큰 우유통의 우유도 많이 받아 밥솥에 얹어 쪄 먹는 우유는 묘하게 맛있었다. 총각 선생님 한 분은 아예 우리 집에서 출·퇴근을 하시다가 고모부님이 되셨다. 공 씨 성을 가진 분이 계셨는데 마을에선 공 서방이라 불렀다. 급한 환자도 가끔 치료해 낸다. 급체로 금방 사색이 되었던 내 남동생을 침 한 방으로 살려냈다. 일 년에 한 번씩 안택이라고 해서 가정의 평안을 비는 행사가 있었다. 공 서방은 민간 치료사였다. 음식준비를 어마어마하게 한 후 염불처럼 곡조를 넣어 주문을 줄줄 외며 공들여 치성을 드리며 액운도 쫓아 내었다. 오월 단오가 되면 마을 청년들은 낮에는 들일을 하고 해가 산 그림자를 드리울 때까지 당산나무 같은 밤나무에다 짚으로 꼬아 만든 그네를 매어 주었다. 마을 사람들은 햇살에 반짝이는 밤나무 이파리들을 흔들어 대며 세모시 옥색 치마가 아니라 몸뻬바지 자락을 휘날리며 "더위야! 물렀거라!" 했다. 한여름 벼 이삭 피어오를 때쯤 마을에선 집집마다 음식을 장만하여 냇가 옆 마당 넓은 집에서 질을 먹는다. 땀 흘려 일하고 특식으로 영양 보충도 하고 음식도 정도 나누는 잔칫날 이다.

설 명절은 집집마다 축제이지만 형진이 아저씨는 남녀노소 없이 적 당한 사람들을 뽑아 분장을 시킨 후 농악놀이를 닮은 팀을 조성하여 집집마다 돌면서 꽹과리를 치며 웃음과 해학으로 즐겁게 한마당씩 놀 아 주고 명절 음식들을 내어주는 특식을 받아와 잔치를 벌이며 잊지 못할 추억을 쌓기도 했다. 봄이면 마을 온 산과 들엔 진달래 싸리꽃이 동산이 되는 곳, 온 동네 논과 밭은 써레질 밭갈이로 앞에서 끄는 소 들의 텀벙대는 소리와 이럇! 채찍질 소리와 농요 소리에 휘파람새들의 코러스는 풍요를 노래했다. 집집마다 들녘마다 주렁주렁 달아 익은 감 과 감잎 단풍과 앞산 가을 단풍에 노을이 물들 때면 얼마나 고운지 몸 과 마음은 알 수도 없는 만질 수도 없는 세상을 꿈꾸게 했다. 우리 집 은 늘 북적댔다. 어른 머슴 하나 아이 머슴 하나를 늘 두었는데 각양 각색의 사람들이었다. 영철이 아저씨는 그림을 잘 그렸다. 일을 끝낸 밤에는 방에 들어앉아 목단 꽃을 수없이 그려냈다. 난, 일 나간 낮엔 살그머니 들어가 그림을 흉내 내어 그려보곤 했는데 그분은 이북이 고 향이어서 자주 울었다. 사집이 아저씨는 몇 년 후 군청 소사로 들어가 반듯하게 인사를 나누며 지냈다. 모두가 제일 절박했을 때 우리 집을 거쳐 삶의 터전을 닦은 사람들이다. 보부상들도 왔다 하면 우리 집이 숙식 거처였다.

강릉 병설 중학교에 입학하고 고향을 떠났다. 엄밀히 따지면 남양에 서 태어나기 했으나 사계를 꼬박 살아온 세월은 단 3년이었다. 그리고는 방학 동안에만 가 있을 수 있었는데 지금도 꿈만 꾸면 그곳에 가 있다. 어린 나이에 집을 떠나 늘 그리워하며 살았음인지, 너무나 그림 같은 서정 속에서 아름다운 기억 흔적들이 아득하게 장식되어 있음인지, 탯줄을 묻은 고향은 나직한 산자락들을 휘감는 물안개같이 촉촉하고, 산 노을 지고 어둠 내리는 시각이면 애틋하게 고여 오는 그림자 같은 곳, 지금도 산 그림자 내리면 타향에서나 여행지에서나 쿵! 가슴에 별이 흐른다.

봄꽃

차디찬 댓바람 흩어지고 해풍이 밀려오면 우린 봄을 준비해야 했다. 그 봄을 노래하려면 난 내 유년의 뜰로 가야 한다. 동그란 화단에서 겨우내 얼었다 풀렸다 하기를 반복했던 원추리 뿌리에서 마치 동해의 일출이 불쑥 얼굴을 내밀 듯이 연둣빛 고운 싹이 불쑥 고개를 내밀라치면 이제 봄의 전령은 온 세상에 운기를 내뿜는다. 동시에 마냥 웅크리고 침잠했던 우리들의 세포도 덩달아 충동하여 나들이 준비를 하곤 했다. 또 얼었던 땅에 흙들은 녹아내려 발을 내디디면 신발을 무겁게 했고 도랑과 실개천엔 물 흐르는 소리도 제법 고요하지 못했다. 긴 겨울 방에서만 뒹굴다 해말개진 얼굴에 봄 하늘 태양이 살짝 구릿빛을 그릴 때쯤 울타리 옆 매화 가지에 정말 손대면 톡, 하고 터질 것 같은 꽃망울들이 조롱조롱 익어갔다. 사립문 나서면 탁 트인 밭과 논둑엔 냉이 꽃다지가 지천으로 피어 그 작은 몸집들로도 꽃 잔치에 한몫 끼어 한들거리며 즐기는 모습이 마치 유치원에 갓 입학한 아이처럼 귀엽다.

내친김에 뒷동산에 올라본다. 잘 다듬어진 묘지 앞엔 천만 가지 꽃 중에 무슨 꽃이 못되어 허리 굽고 등 굽은 할미꽃이 너무도 예쁘고 소담스런 자태로 무리 지어 피어있었다. 마치 나이를 곱게 먹어 향기 나는 노인을 보는 것처럼 말이다. 할미꽃은 자태도 그렇지만 그 뿌리로 예전엔 화장실에 꼬이는 벌레를 잡아주는 소독약 구실도 했다. 눈을 들어 주위를 살펴보면 온 산천에 흰 싸리꽃이 꿀 냄새를 토해내면 벌들은 꿀을 따느라 바쁜 걸음을 하고 화사하게 그 흰 꽃송이를 바람 한 번 스칠 때마다 푹푹 쏟아낸다. 싸리꽃이 온 산을 눈처럼 쏟아내면 진달래가 붉은 꽃으로 물을 들이곤 했다. 진달래는 그룹 그룹으로 많이 피어난다.

난 지금도 복스럽게 뭉쳐 피어 유난히 예쁜 진달래 곁으로 가기를 꺼린다. 내 유년의 시절엔 복스럽게 피어있는 진달래 뒤엔 문둥병 환자가 숨어 있다가 잡아간다고 했기 때문이다. 그 옛날에 치료약이 귀했던 시절이라 문둥병 환자가 사람의 간을 먹으면 낫는다는 엄청난 처방전이 나돌았기 때문이다. 그때 돌아다니던 낭설이 너무도 충격적이었기 때문에 지금도 진달래 하면 서정적인 감정보다는 섬뜩함이 더 앞선다. 그러나 진달래는 우리한테 가장 정겨운 봄꽃이고 봄을 대표하는 꽃이다. 시골길 신작로 아래 개울가 숲속엔 찔레꽃이 온통 개울 울타리를 만들었다. 그런데 찔레꽃은 가까이 뜯어보면 정겹기는 한데 선뜻 코와 손이 가지 않는다. 아마 가시가 박혀있어 한 번 선뜻 잡아보기엔 을씨년스러웠는지도 모른다. 그렇지만 가시 돋은 꽃송이들을 살짝 들어 젖히고 뿌리 쪽을 내려다보면 속살이 토실토실 살 오른 찔레 새순이 괴어오른 흰 거품을 이고 불끈 솟아올라 있다. 그 연한 새순을 살

깊이 툭 꺾어 껍질을 벗겨내고 씹으면 달고 쌉쌀한 맛이 흡사 갓 피어난 녹차 순을 씹는 맛과 똑 같았다.

집집마다 마당가에, 담 너머에 경쟁하듯 피어있는 복사꽃 살구꽃. 마을의 복숭아나무들은 꽃은 아주 울긋불긋 야단스럽게 피는데 정작 복숭아 열매는 신통치 않았다. 요즘처럼 씨종도 정선된 품종이 아니었을 터이다.

그런데 살구나무는 꽃값을 했다. 집집마다 누렇게 주렁주렁 달려온 동네가 바가지로 퍼 담아가며 농익어 쩍쩍 갈라진 살 깊은 살구를 나누어 먹으며 꽃보다 아름다운 정을 나누곤 했다. 우리 집 과수원에도 사과 꽃 배꽃이, 아! 앵두꽃까지 꽃 대궐을 이루고 합창을 하면 겨우내 말려두었던 논바닥에 물을 가득히 안겨준다. 이어서 논갈이하는 농부의 이럇! 소리와 함께 구성진 농요소리가 코러스 되어 울려 퍼지면 농사는 꽃 잔치 속에서 시작되었다. 재실 뜨락과 산사 뜰에 피어있는 붉은 산당화(처녀꽃)는 예나 지금이나 내 마음을 제일 많이 빼앗는 매혹의 꽃이다. 몸에 돋아 오른 가시들은 철저하리만큼 그 고운 꽃을 받들고 보호했다. 고요로운 곳에서 수줍은 처녀처럼 피어나서였을까? 난, 늘 그 꽃을 대하면 마치 짝사랑하는 그 누구를 만난 듯 가슴 설레는 반가움으로 흥분했다.

지방마다 독특한 꽃 축제들이 한창인 이 봄. 한계령은 한겨울 동안은 그 장엄한 설경을 연출하더니 눈이 앉았던 자리 자리마다 산 벚꽃이 수를 놓았다. 도로변 가로수들도 온통 벚나무로 터널을 이루었다. 봄이 오면 우리나라는 곳곳에서 벚꽃 축제가 벌어지고 있다. 마치 일본인지 한국인지 분간키 어려울 정도로 말이다. 하기야 전문가에 의하면 벚꽃 원산지가 바로 우리나라 남쪽 제주도라는 설도 있고 보면 나라꽃이 무어 대수이겠는가. 만인이 보고 아름다움을 느껴 심신이 환희로운데 굳이 나라를 구분해서 본능적인 서정을 감추고 싶지는 않다. 벚꽃의 매력은 너무도 화사하고 화끈하게 꽃을 피워 모든 이들이 함께 환호하게 만들고 꽃 축제가 끝나면 무성한 잎을 드리워 한여름 뙤약볕에 그늘을 만들어 시원하게 쉬어 갈 수 있는 배려도 한다. 가을엔 곱게 물든 단풍으로 낭만을 구가하며 꽃 축제로는 단연 벚꽃이 으뜸이다.

지리적으로 강원도보다 일찍 꽃을 피워내는 남해는. 온 산과 들은 모두 산수화를 펼쳐 놓은 듯 형형색색으로 꽃을 피운다. 다락논에 심어 놓은 유채꽃이 환상적이다. 유채꽃, 하면 우린 제주도를 연상하는데 내 유년의 봄날 영동지방엔 월동초라고 해서 봄김치의 대명사가 바로 봄을 유혹하는 유채인 줄을 알게 된 일이 오래지 않다. 그 월동초가 그처럼 아름다운 꽃을 피워 만인들의 사랑을 한 몸에 받을 줄 몰랐었다. 향기도 짙어 꿀맛을 내어 벌들의 양식까지 내어주는 꽃, 그저 꽃 피기 전 김치꺼리로나 써먹고 꽃피면 못 쓸 것으로만 취급했던 무관심이 꽃의 매력을 가렸었다. 유채꽃은 마치 산수유와 누가 더 노랄까 경쟁이라도 하는 듯 자태를 뽐내며 잔잔하고 푸른 남해 바다와 보리밭과 한데 어울려 수채화를 그려 넣고 있었다.

한산도의 동백꽃은 마치 물수건으로 꽃과 잎은 닦아 놓은 듯 깔끔하고 귀품스럽게 피어있었다. 그런데 동백꽃은 다소 뻣뻣한 감이 들어 언뜻 보면 조화를 연상시키기도 했다. 화려한 꽃 잔치를 끝내고 집으로 들어서니 보랏빛 라일락이 진한 향기를 내 뿜으며 이젠 내 향기 속에서 새로운 삶을 시작하고 꿈꾸라고 향긋한 손을 내밀었다 봄소식을 제일 먼저 알리는 꽃은 목련이지. 이렇듯 봄의 꽃들은 인간의 정지됐던 세포들을 흔들어 깨워 삶을 동요시킨다. 화사한 봄꽃들에게서 힘을 얻고 희망 또한 크게 품고 살아가는 이 봄이다. 꽃 진자리는 한해의 생성을 마치고 나면 또 봄이 돌아와 다른 빛으로 꽃을 피우리니 이 봄을 향기롭게 보내고 나 또한 꽃들처럼 내년엔 더욱 살찌고 아름다운 봄을 맞이할 채비를 하리라.

달밤

오늘처럼 달이 밝은 날, 수풀이 우거진 산속에서 나를 향해 휘영청 미소 짓고 있는 달을 바라보노라면 여고 2학년의 어느 겨울날이 떠오른다. 당시 나는 친척집에 하숙을 하고 있었는데, 내 또래의 아이들과 늘 모든 것을 함께 했었다. 희야와 금이가 그네들이다.

어느 날 세 소녀는 눈이 하얗게 쌓인 토요일에 기차를 타고 시골 할아버지 댁으로 향했다. 동해에 계신 할머니의 친정댁에 들러서 가기로 하고 영동선 기차에 올랐다. 강릉발 기차가 개통된 지 얼마 되지 않았던 시절이어서 우리는 기차여행에 대한 호기심에 가득 차 있었고, 깔깔대며 여행을 즐겼다. 오전수업을 마치고 떠난 길이어서 묵호 진외가 댁에 도착하니 해는 벌써 떨어지고 없었다. 자주 다니던 댁도 아닌데 연락도 없이 들이닥친 소녀들의 방문에 내심 놀라며 반겨주시던 진 외갓집 언니는 우리에게 잔치국수를 저녁으로 내놓으셨다.

진간장 양념으로 말아주던 잔치국수는 지금도 입맛을 돋운다. 저녁을 먹고 할아버지 댁으로 가는 길은 진 외갓집 여고생 두 사람이 가세해서 다섯이라 무서울 것 없이 기차 안을 온통 깔깔 웃음바다로 만들었다. 목적지 기차역 플랫폼엔 이미 어둠이 깔려있었다. 유난히 눈이 많이 내린 날이어서 온 세상이 하얀 광목을 깔아놓은 듯했다. 그 위에 보름달이 흐르던 정경은 얼마나 황홀했는지 숨이 멎었다. 아름답고 신비로운 우주의 생성 앞에 고개가 숙여졌다. 기차역에서 마을까지 들어가자면 들판을 1㎞ 정도 더 걸어가야 했다. 기기서부터 집까지는 냇물을 건너고, 산모퉁이를 돌아 3㎞는 더 가야 했다. 눈이 사람 어깨까지 올라와 있었고, 그 눈 담장을 헤치고 토굴처럼 낸 길을 따라 우리는 조심조심 걸어갔다. 사람의 머리만 봉긋봉긋 보이는 눈길을 걸어가노라니 혼자만의 시간과 공간 속을 부유하는 듯했다. 머리 위에 달빛을 고스란히 받으며 걷는 길 저편에서 개 짖는 소리만 아련히 들려왔다.

뽀곡뽀곡 눈 밟는 소리와 우리들의 도란거림, 그리고 가끔 박자를 맞추듯 퍼지는 개 울음소리와 우리의 이야기를 엿들으며 따라오는 달빛, 그 모든 것이 화음이 되어 우리의 가슴을 울렸다.

시냇물이 한줄기 비파음을 가르며 발 앞에 다가섰다. 징검다리 돌 위로 복스럽게 쌓인 눈 위에 누군가의 발자국이 찍혔는데 그 발자국을 딛고 건너야 하는 안쓰러움. 눈 쌓인 얼음 물 밑으로 흐르는 시냇물 소리가 겨울 달밤의 적막 속을 달리고 우리들의 웃음소리는 그 물속에 빠져 함께 흘렀다. "자! 조심조심! 한 사람씩 천천히 건너!" 하나 둘 징검다리를 무사히 건넜지만 세 번째 순간, "아차!" 하는 외침과 함께 금이가 미끄러졌다. 물에 빠진 금이는 울상이고 이 교교한 달빛이 흐르는 밤에 흰 이불을 덮고 곤히 잠들었던 산과 들과 나무들이 한밤의 불청객들의 호들갑에 단잠을 깼다. 금이의 마이고무 운동화가 추운 날씨에 젖어 금방 굳어졌다. 나는 내 털신을 얼른 벗어 금이의 젖은 신발과 바꿔 신는 기사도 정신을 발휘했다. 지금의 밤길은 사람이 무섭지만 당시의 밤길은 짐승이 무서웠다. 소녀들은 추운 줄도, 무서운 줄도 모르고 달에 관한 노래는 모두 찾아 불렀다. 양 볼이 빨갛게 얼어도 마냥 즐겁기만 했다.

산모롱이 큰 바위 옆을 지날 때 달빛을 받은 바위가 마치 사람 같아 금방이라도 달려들 듯했다. 우리의 가슴은 콩닥콩닥 뛰었다. 즐거움이 문득 두려움으로 바뀌어 우리 모두는 한결같이 조용히 걸음을 옮겼다. 순간 산속 소나무 위에 쌓였던 눈덩이가 와르르 쏟아지는 소리에 모두 "으아악!" 소리를 지르며 주저앉았다.

우리는 서로를 바라보며 다시 까르르 웃었다. 물에 빠졌던 금이의 젖은 신발은 내 양말에 스며들어 뽀송해졌고 내 털신은 금이의 젖은 양말의 물기를 빨아 함께 뽀송뽀송해질 무렵 저만치 할아버지 댁에서 새어 나오는 남포 불빛이 보이기 시작했다. 유난히 사람을 반기는 할머니와 왕골자리를 짜시던 할아버지는 한밤중에 들이닥친 자그마치 다섯이나 되는 소녀들을 맞아 반기셨다. 할머니는 따끈한 손으로 우리의 찬 손을 덥혀 주시고는 이내 곳간에서 살얼음 지핀 홍시와 달싹한 고구마를 내놓으셨다. 국수 한 그릇만 먹고 밤 눈길을 그렇게나 걸었으니 고구마와 홍시는 꿀맛이었다. 상기된 얼굴이 아직 가시기도 전에 고단한 몸들을 시골집 따뜻한 구들장에 내맡겼을 때 할아버지의 자리 짜는 고드랫돌 소리도 멈췄다. 한숨 자고 꿈 깬 새벽녘, 문풍지 속으로 스며든 달빛이 내 등을 밀어 세웠다. 문고리를 당겨 뜰 아래 내려서니 청아한 하늘에 바람 한 점 없는 그윽한 달빛이 고요를 삼키고 있었다. 마당 한 켠, 닭장에서 간간이 닭의 나래 접는 소리가 여명의 허공에 점점 찍히고 혹여 사립문 밖에 내가 꿈꾸던 어느 소년이 찾아와 나를 부를 것 같기만 했다. 울타리 댓잎 바람 스치는 소리가 달빛 쏟아지는 명상 음악이었다. 달은 밝아 올 아침을 삼켜 버릴 듯 눈 덮인 산야와 사립문 마당에서 떠날 기미가 없었다. 달빛을 흠뻑 받은 청정한 치맛자락을 여미어 잡고 비웠던 잠자리에 드니 곧 닭이 울었다. 일상의 서정은 가끔 가눌 수 없이 취하게 만든다. 이제 소녀들은 모두 중년을 훌쩍 넘어서 있고, 나 또한 육체의 앞날이 살아온 날의 중간쯤 한 시기, 한 번 더 저 달빛을 이마에 받으며 동틀 때까지 고요한 우주 공간 속에서 한잠 푹 자고 다시 깨어나고 싶다.

옥계 장날

　지리적으로 강릉과 동해 사이에 끼어있는 옥계면은 내가 유년을 보낸 구슬 같은 시내가 흐르던 곳이다. 석병산과 백봉령이 병풍처럼 둘러있고 동해가 금진과 주수라는 지명을 받아 아름답게 펼쳐진 터전이다. 현내리를 중심으로 남쪽으로 뻗어 들어간 남양리 골짜기와 서쪽으로 뻗어 들어간 산계리 골짜기에서 현내리로 흘러내리는 시냇물은 주수천을 거쳐 푸른 동해로 흡수된다. 그런데 그 흘러내리는 자갈밭은 너무나도 예쁜 돌들이 장관을 이루고 있는 곳이었다. 흰 돌, 붉은 돌, 노랑 푸른 돌까지 수를 놓은 듯한 자갈 위로 맑은 시냇물이 흐르는데 그 아름답고 청량한 물빛은 무어라 형언키 어렵고 급기야는 가슴이 떨리기까지 했다.

　구슬 옥(玉), 시내 계(溪). 바로 이곳 지명인 옥계라는 이름을 유감없이 상징해 주고 있었다. 지금 그 모습을 볼 수 있는 곳은 백담사 앞으로 펼쳐져 흐르는 그곳보다 자갈은 더 고왔다. 남양리와 산계리 사람들은 장날이면 이 시냇물을 건너 현내리 제방 뚝 밑 장터로 진입하게 된다. 장터까지 도착하는 과정이 아무런 기후변화가 없으면 큰 돌로 든든하게 놓인 징검다리를 건너면 된다. 그러나 큰 비라도 한번 지나가면 징검다리들은 물살에 이리저리 비뚤어져 이 빠진 것처럼 된다. 장꾼들은 그럴라치면 머리에 장꺼리를 이고 신발은 벗어 손에 든 채 건너야 했다. 구슬 같은 고운 물은 정강이까지 냉수마찰을 시켜 뼈가 저리게 하곤 했는데 이런 고생은 떠내려간 징검다리 돌이 제자리를 찾을 때까지 바짓가랑이를 걷어붙여야 했다. 장꾼들은 언제나 빈 몸으로 다니지 않는다. 무엇이건 꼭 장꺼리를 준비해서 오가는 사람들이다. 장터에는 현금거래도 많이 이루어지지만 바닷가 마을 사람들은 해산물을 장에 내고 서·남·북 쪽 산마을에 사는 사람들은 산과 논밭에서 생산되는 곡식과 채소들을 낸다. 그중에서도 지금도 인상 깊은 특별한 장거리가 하나 있는데, 산속에서 참나무나 소나무를 베어 아주 똑바른 결로 도끼질을 해 자른 장작으로 묶어서 이거나 지고 와 파는 일이다. 장터 사람들과 바다 마을 사람들에게는 땔감 나무가 귀했기 때문이다.

이렇게 산골사람들과 어촌 사람들은 파는 데까지 팔다가 못다 팔면 서로 물물교환을 해서 모자라는 부분을 채워가며 지혜롭게 상생할 줄 알았다. 시장 안에는 만물상회라는 상점도 있고 서울상회도 있어 돈을 만든 장꾼들은 그동안 필요했던 생활용품을 구입하느라 볼은 붉게 상기되곤 했다. 남들보다 물건값을 잘 받은 아랫집 새댁은 의기양양해서 발길이 더 바빠졌고 좀 밑지게 팔아버린 안골 할머니는 몸도 지쳐 있다. 장날 곳곳마다 떠돌며 장사하는 유랑 장사치들도 제법 북적댄

시장골목, 뻥튀기 아저씨의 고음 기계의 열이 사위어가고 노을이 질 무렵이면 식구들 선물과 일용품들을 비웠던 그릇에 담아 이고 총총거리며 귀갓길을 재촉했다.

　남정네들은 쌀 막걸리에 취해 거나하게 신작로에 갈지자를 긋고 때로는 오는 사람 가는 사람 공연히 시비를 걸어 한바탕 싸움판도 벌어진다. 그들의 풍경 속엔 내 할아버지 할머니도 끼어있다. 쌀과 과수원에서 난 과일을 팔아 그 돈으로 나와 동생들의 노랗고 빨간 예쁜 장화를 댓돌 위에 가지런히 사다 놓고 가시던 정감 어린 추억들…. 우리 남매들은 두 분의 사랑 덩어리를 비도 오지 않는 마른 날에도 신고 다녔다. 장터로 가는 제방 둑 밑엔 터줏대감이 운영하는 기계 방앗간이 하나 있는데 시골 사람들은 밀가루와 콩가루를 낼 때 장날을 이용해 이곳에 들른다. 그런데 그 방앗간 앞 큰길 옆엔 휘늘어진 버드나무 아래 햇빛을 머금고 투명한 물살을 일렁이며 펑펑 솟아나는 샘터가 하나 있었다. 샘물에 둥둥 띄워놓은 표주박으로 푹 떠서 마시고 푸른 여름날 하늘에 둥둥 몇 점 뜬 뭉게구름을 쳐다보노라면 그 청량함을 무엇에 비길 건가. 나는 지금도 몸과 마음이 답답할 때 그 정경을 떠올린다. 그러면 금방 새털처럼 몸과 마음이 가벼워지곤 한다. 옥계장터엔 홍수로부터 보호할 제방이 쌓여 있다. 냇물이 바다와 붙어있어 장마철에 홍수가 나면 바다에서 살던 꽁치가 역류해서 올라와 남녀노소 없이 꽁치잡이에 나선다. 창을 들고 아예 다이빙으로 물속에 들어가 사투하는 사람도 있었다. 그날도 장날이었다. 제방에는 많은 장꾼 틈에 나도 끼어있었다. 제방을 싸 감은 철망 밑 물이 출렁대는 곳까지 내려와 구경하다가 미끄러지면서 그만 내 몸은 물속으로 빨려 들어가고 말았다. 난 본능적으로 발버둥을 쳐서 제방 둑을 잡으려고 손을 허우적거렸다. 마침 많은 어른이 있어 금방 건져주어 살아날 수 있었다. 어머니는 '그러잖아도 토정비결에 물 조심하라 했는데 수땜했다.' 하시며 마른 옷을 갈아입혀 주셨다.

내가 죽을 뻔했던 주수천 하구가 바로 바다인 조산해수욕장인데 명사십리 해당화가 야릇한 정감을 주는 아름다움으로 지금도 그리움을 시시로 품어낸다. 물이 유난히 맑아 어린 아이들도 들어가 파도 아래 모래 밑을 발가락으로 헤집어 찾아낸 제곡(조개이름)이 발가락 사이에 끼워져 올라와 빈 도시락을 가득 메워 주곤 했다.

동화의 나라 같고 산수화 같고 구슬 같던 옥계! 지금은 너무도 많이 변해 버렸다. 어느 날부턴가 그 아름답고 예뻤던 시냇가 돌들이 주민들은 영문도 모른 채 걷히고 말았다. 그 구슬 같던 자갈들이 있던 계곡과 동굴과 산세가 빼어나 남녀노소 없이 이곳 면민들의 휴식처요 소풍 놀이터였던 산계리에 한라시멘트 공장이 들어와 보석 같은 자갈은 다 걷어 팔아치웠고 흐르던 시냇가엔 기차 레일을 깔아버렸다. 그것도 모자라 우리들의 유년의 바다인 조산해수욕장엔 시멘트 판로 구실을 할 화물 선착장이 들어섰다. 그 아까운 자연자원을 후딱 팔아치운 어리석은 주민들이, 아니 허가를 내준 책임자가 한없이 원망스러웠다. 그 아름다운 관광자원의 부가가치가 얼마나 큰 것인지 헤아리지 못하고 금방 눈앞에 보이는 이익만을 추구했던 근시안적인 안목을 생각하면 할수록 안타까움과 분노가 치밀었다. 다시 돌이킬 수 없는 현실에 그리움의 골은 더 깊어졌다. 내가 그토록 사랑했던 자갈들은 어디에 무엇이 되어 있을까? 지금 시냇가엔 큰 다리가 여러 개 놓여 있고 그 고운 물 돌다리를 건너 장을 보던 이웃들은 마을 골목마다 달려가는 버스나 승용차로 장을 보러 다니고 있었다. 규모는 점점 커져 이젠 옥계 장이 아니라 강릉 장으로 출동하는 면민들이 많아졌다. 내다 파는 장 꺼리 종류도 완전하게 달라져 이젠 주로 특용작물들이 주종을 이룬다. 예전엔 송이버섯이나 드릅, 약초 같은 것은 가족이나 이웃 간에 서로 나누어가며 먹을 줄 알았지 팔 줄은 잘 모르며 살았다. 지금은 돈도 되고 그것도 고수입을 올리게 되자 이웃 간에도 경쟁이 붙고 하나라도 남보다 더 수확하고 더 소득을 올리기에 심취하다 보니 서로의 불신과 이웃 간의 인정이 점점 메말라 가고 있는 현실이다. 시대에 따라 현대적인 풍속과 생활이 편하고 다소 진취적인 맛은 있지만 그래도 인간미 풍기고 구수하고 정겨운 운치는 옛 재래시장 정경을 따를 수 없을 것이다.

그런데 요즘 들자 하니 강릉시에서 옥계 장을 재래 장터로 다시 활성화 시킨다는 소식을 듣고 만감이 교차했다. 문득 잊혀진 유년이 성큼 들어서면서 새삼 구슬 같은 시내와 샘터, 그리고 해당화 곱게 피었던 조산 바닷가가 꿈틀댄다. 하늘이 한층 높아진 계절에 불현듯 찾아간 옥계 장날은 이른 아침부터 제법 북적거리는데 너무도 긴 세월 만에 찾아간 유년의 장터는 집들이 다 바뀌고 그처럼 넓고 커 보이던 장마당도 한자리에 서서 한번 훑어보니 끝이다. 백화점 같았던 만물상회는 구멍가게가 되어있었고 장사꾼들은 양쪽으로 제법 정돈되게 전을 펼쳐 놓았다. 옛날에 없던 엿장수 가위 소리도 들리고 이곳 장에 유명한 막걸리는 예전의 향수를 불러내 주었다. 내어다 파는 장꺼리들도 달랐다. 이곳 특용작물인 파프리카가 삼원색의 빛을 발했고 방울토마토가 싱그러웠다. 시장 한 귀퉁이에선 안반을 펼쳐 놓고 떡메를 치기도 했는데 뻥튀기 아저씨는 어디 계신지? 할아버지 사주고 가셨던 빨간 장화가 눈앞을 스쳐갔다. 아버지가 근무했던 시장 옆 면사무소 제일 큰 방엔 아버지 대신 낯 설은 중년이 자리를 지켰고 장터에 장꾼들은 관광 차원으로 왔다가 둘러보는 게 고작이었다. 토양이 마늘 농사에 적합한 북동리 마늘이 명성을 떨친다니 격세지감이다.

아무튼 이 재래시장을 계속 활성화시켜 나간다는 시책이라니 더욱 발전했으면 한다. 그 안에서 인정과 풍속과 낭만이 함께 우러날 수 있는 풍요로운 옥계시장으로 자리매김해 전국 방방곡곡에서 찾아드는 명물 장터가 되었으면 하는 것이다. 비록 그림 같았던 내 유년의 그 모습이야 어이 찾을 수 있을까마는 이곳에서 그 유명한 쌀 막걸리나 한 잔 나눌 수 있는 편안하고 정겨운 시장문화가 먼 후대까지 오래도록 이어갔으면 좋겠다.

설날

    내 어릴 적 설날은 무척 눈이 많이 쌓였다. 열흘 전쯤부터 세밑 장을 보기 시작한다. 우선 설빔을 준비하고 쌀과 옥수수 튀밥을 눈 덮인 십 리 길을 걸어 뻥튀기를 해오고 바로 가마솥에 엿을 만들고 조청을 만 든다. 할머니는 쌀과 누룩으로 도세주를 만들어 먹이며 건강 장수를 누리게 하느라 조상님들과 세배꾼들을 위해 절절 끓는 안방 아랫목에 큰 독을 이불 속에 묻는다. 나와 동생들은 괜히 신바람이 나 덮인 눈 위로 썰매를 타며 사람 다닐 만큼만 치우고 우리 작은 키만큼 치워진 눈 위로 저만큼 엄마가 이고 가는 물동이에 동동 뜨는 바가지만 보이 는 뒤를 누렁이가 따라 다니기도 했다.

    일주일 전쯤 방안에선 찹쌀가루로 한과 잎을 만들어 모래 기름에 튀 겨 내면 벙긋 부풀어 오른다. 그 잎에 조청을 발라 채에다 튀밥을 부어 넣고 마구 흔들어 주면 두툼하고 말랑말랑한 한과가 만들어진다. 남 은 조청에 검은콩, 참깨를 버무려 먹기 좋게 뭉쳐 놓으면 콩강정 깨강

정이 되는 데 온 집안은 설이 한참 지나가도록 튀밥이 밟히기도 했다.

그믐날엔 종갓집이라 작은댁 식구들이 모두 모여 오면 부엌에선 떡메 소리가 철썩철썩 나고 반달떡, 절편, 기정, 모든 떡이 식구들 손끝으로 만들어진다. 떡이 다 만들어 지면 우리들은 서로 마을 떡돌이를 자청하여 살얼음 낀 길을 자박자박 밟으며 떡을 돌렸다. 마을은 굴뚝마다 구름 같은 연기가 모락모락 피어오르고 서울 사는 친척 집에 가정부로 돈 벌러 간 발한집 둘째 딸도, 회사 심부름꾼으로 취직한 재일이도 선물을 안고 벅찬 귀향의 향연을 벌리는 설 명절이다. 안방구석 시루엔 그동안 자라 오른 콩나물이 검은 모자를 뒤집어쓰고 알맞게 자랐고 동네에서 잡은 한우 한 마리는 우리 집 몫이 제일 컸다.

대청소는 남자들 몫이다. 여섯 칸 방마다 깔렸던 헌 왕골자리는 다 걷어 내고 할아버지가 겨우내 짜낸 하얗고 빛이 나는 새 왕골자리들이 새로 깔린다. 정갈하게 꾸민 사랑방에선 생율(밤) 치기와 대추꾸리가 만들어지고 찜통 속엔 동해안 어물들이 냄새를 진동 시키고 엄청나게 큰 문어는 몸통 속살을 허옇게 드러낸다. 무채 써는 소리는 똑딱똑딱, 쌓인 눈 그림자가 뒷방을 조명해 환해지는 저녁, 흰 반달 떡 쑥 반달 떡 취 절편이 접시에 그득 담기고 뒤뜰에 묻어둔 숙성한 김치 포기가 상에 오르고 온 가족 손끝으로 물 주어 기른 콩나물국이 시원하다. 톡 쏘는 동치미 한 사발 마시면 "이게 설이구나!" 싶다. 뒤뜰에 끓여 독에 퍼 담아 둔 미처 식지 않은 식혜(감주)를 마시다 혀가 얼얼해지기도 했다. 제야엔 등잔불이 아니라 방마다 촉수가 몇 배 높은 남폿불이 달아진다. 전깃불이 온 것 같다. 어둠이 깔렸다. 바깥바람은 살을 에이게 매서웠다.

어느 해 그믐밤, 네 살 위인 고모와 난 아버지 마중을 하러 길을 나섰다. 동구 밖까지 가자고 나선 길이다. 약관 삼십이 채 안 돼 공직에 몸담아 온 아버지는 늘 외부에서 활동하기 때문에 길은 멀고 교통편은 자전거만 통할 때라 출퇴근이 원활치 못한 시절이었다. 고모와 난 담요를 하나씩 뒤집어쓰고 바람을 막아 감싸진 담요 속 얼굴과 손이 제법 훈훈했다. 칠흑 같은 섣달 그믐밤, 늘 다니던 길이라 돌부리에 채일 일은 없었고 한참 후 길이 어슴푸레 명암이 잡히는데 둘은 얘기를 도란도란하다가 저 멀리 물체가 보이는 듯하면 아버지인가 싶어 화들짝 설레며 대책 없이 마냥 가고 있었다.

아버지를 이 밤에 만나면 얼마나 반갑고 기뻐하실까 하는 설렘으로 걷다 보니 큰길 냇물 징검다리까지 가게 되었다. 너무 어둡고 추워 다리를 건너지 못하고 신작로에서 서성이며 한 시간을 족히 기다렸지만 실은 꼭 오신다는 소식도 기별도 없이 그냥 오시겠지? 하는 기다림이었고 또 늘 외부에서 바쁘신 아버지를 위해 온 식구가 풍성한 설 준비를 끝내고 아버지의 입성만을 기다리고 있다는 마음을 전하고 싶었을 게다. 걷지 않고 서성이기만 하니 매서운 겨울밤은 더 버티어 내기 힘들었고 깊은 어둠에 싸인 산들은 무거운 침묵으로 "돌아가라!" 두 소녀의 등을 밀어 발길을 돌렸을 때 돌부리는 일어나 발길에 채였다. 기다림의 미학은 애틋했다. 설날 아침은 일찍 바쁘다. 준비한 차례 상을 풍성하게 올리고 일가친척들이 다 모여 열린 방문으로 파고드는 매서운 바람이 김이 나는 떡국에 냉기를 돌게 하는데, 까치도 마루를 향해 새해 인사를 나누면 설날 오후부터 세배꾼들의 술, 다과상이 이틀 내내 차려진다. 세배꾼이 유난히 많은 집이다. 문명의 불모지였던 그 시절

시골집엔 아버지의 특혜로 사랑방과 안방으로 연결된 스피커에서는 소리꾼들의 명절 분위기를 돋우는 창 소리가 구성지게 흘러나오자 세배꾼들의 얼굴엔 흥이 가득 했다. 고모가 함께 도왔지만 어머니는 그 많은 힘든 일을 하시면서도 내색 한번 없이 다 치르신 후 "아이구! 명절 돌아올까 겁난다!"하셨다.

몸도 마음도 다 힘드셨을 이대 독자 외 며느리였던 내 어머니! 환갑을 훌쩍 넘긴 오늘, 이 아침, 설 명절을 보내고 잠깐 앉으니 몸이 천근으로 눌려 온다. 기실 요즘이야 얼마나 일하는 방법도 과학화되고 편리한 주방 시설에 모든 절차가 간소화되고 어디 식구들도 버겁게 많은가. 옛날 우리 어머니들의 고생을 생각하면 아무것도 아니다. 철없던 어린 날 왜 엄마는 명절이나 큰일 있으면 저렇게 싫어할까? 우리는 신나고 좋기만 했던 기억과 힘든 엄마의 마음을 조금도 헤아리지 못한 철없던 내 유년의 설 기분을 유추해 보니 천근으로 눌러앉은 몸보다 마음이 억장으로 무너진다.

어머니의 그 말씀을 그대로 내가 지금 하고 싶으니 격세지감이다. 그러나 기다림이 있고 설렘이 있고 풍성한 먹거리와 오고 가는 나눔의 정과 가족 간의 인간관계가 더욱 여물어 가는 설날은 지금도 설렘이고 새로움이고 축제다.

논[畓]

　논은 인간과의 관계에 있어서 생명줄이기도 하고 부의 상징이기도 했다. 물론 시대의 변화에 힘입어 쌀 없이 잡곡과 다른 대용품으로도 생명을 유지할 수 있다고는 하지만 어디까지나 보조 양식들이지 우리의 뇌리에 각인되어있는 양식은 논에서 생산되는 쌀밥임을 간과할 수 없다. 굳이 영양가와 성분을 따져보고 싶지도 않다.

　옛날엔 만석꾼이라야 부자 소리를 들었다. 내 어렸을 적 우리 집은 제법 논이 넉넉해 험한 밥 먹지 않고 식생활을 할 수 있었다. 원래부터 논이 많았던 것은 아니다. 일찍 지혜가 트인 할아버지께서 인위적인 노력 끝에 얻어진 논주였다. 드넓은 토지를 과수원과 야채와 감자 심을 밭만 남기고 모두 논을 만드셨다. 한 블록 정도로 떨어져 있는 산 계곡물을 쇠파이프로 연결해서 물줄기를 따와 작은 저수지를 만들어 활용했다. 저수지엔 연꽃을 심어 물을 정화시키고 고기도 놀게 하여 한여름엔 그윽한 연꽃을 피워 마음속 고운 정서도 담을 수 있는 일석삼

조의 기능을 할 수 있게 했다. 해마다 할아버지께선 긴 겨울 나고 달래 냉이가 머리끝을 내밀 무렵이면 계곡물과 보(洑) 기능을 하는 저수지 사이를 연결하는 쇠파이프부터 점검하신다. 점검이 끝난 물꼬에서는 물 흐르는 소리가 교향곡처럼 흘러간다. 겨우내 다져진 논에 물이 들어가고 나면 농요소리에 맞추어 논갈이 하는 소의 철버덩 발소리와 "이럇!" 소리가 뒷동산 뻐꾸기와 코러스를 이루어 합창을 한다. 발갛게 진흙을 뒤집어 놓은 논에서는 흙물이 가라앉고 한쪽에 못자리가 만들어진다. 물이 스민 다른 논바닥에선 모내기를 준비하기 위해 써래질로 바닥을 부드럽게 자리매김하고 심어질 모를 기다린다.

대부분 시골집은 집 바로 앞에 논이 차지하고 있다. 어디에 숨어 있었는지 논물 대기를 기다렸던 올챙이들이 물장구친다. 한낮의 태양에 미지근해진 물속에서 아주 상쾌하게 자라난 고것들은 어느새 개구리가 되어 해만 지면 합창을 시작한다. 마치 지휘봉에라도 맞추는 듯 스타카토로 딱 끊어졌다 함께 일제히 또 울음을 시작하는 개구리 울음소리는 신비하고 신통하기만 하다. 오월쯤 일제히 모내기철이 되면 밋밋했던 논마다 정원으로 변한다. 그 어느 꽃 피는 정원보다 아름답고 숭고한 정원이 된다. 푸르고 여린 모를 받아 안은 논은 찌는 듯한 삼복염천에 끊임없이 물을 마시고 토해내며 쌀 나무를 숙성시키고 길러낸다. 감나무 밑에서 논을 바라보면 그렇게 상쾌할 수 없다. 한여름 뙤약볕에서도 가끔 불어오는 바람에 그 푸른 잎들을 일렁이며 영글어가는 모습을 보노라면 가슴 속에 이는 풍요와 싱그러움은 이루 헤아릴 수 없다. 논 귀퉁이에 물을 대기 위해 한 폭으로 열린 취수 물꼬 사이엔 아주 맑은 물과 모래를 볼 수 있다. 냉수 답에는 아주 곱게 솟아오르는 샘터가 있다. 쉼 없이 물을 솟게 하니 그곳은 아주 맑은 모래로 이루어져 퐁퐁 솟아오르는 모습이 청량하다. 그런 논둑 밑엔 검푸른 돌미나리가 자라기도 한다. 그런 샘터를 온새미라고 하는데 맑아 때 묻지 않고 태고적 그대로를 간직하고 닮은 것을 온새미 같은 사람이라고 한다. 이 온새미 샘터는 대부분 논 옆에 달려 있어 논물을 대는 데 기여하고 있고 겨울철엔 샘물이 따뜻해서 빨래터가 되기도 한다.

더위에 사람들이 지쳐갈 때쯤 되면 논들은 여름내 숙성시킨 모의 몸통에서 벼이삭을 내밀기 시작한다. 그렇게 되면 사람들은 "아! 이제 또 한여름을 나고 한 해가 가는구나"하며 못다 하고 미루기만 했던 일을 다시 한번 챙겨보며 조바심하고 어제와 달라진 바람을 감지하며 서두르기도 한다. 소슬바람이 불기 시작하고 검푸르던 논이 살짝 누르스름한 빛을 내면 논으로 흐르던 물꼬를 뗀다. 생명줄처럼 연결되어 끊임없이 물을 내려주던 계곡물 쇠파이프는 제 역할을 끝내고 쉰다. 산과 들에 피어있던 녹색 이파리들이 독을 풀 때쯤 벼이삭과 벼이삭을 건너뛰며 메뚜기들이 운동회를 연다. 지금의 논농사는 정선되고 기계화되어 피(가라지)가 많이 자라지 않지만 옛날에는 피 뽑기도 농사과정의 한 축으로 자리했었다. 메뚜기와 함께 뽑고 날고 치며 살았다. 새들이 날아와 메뚜기는 도망치고 벼이삭은 쪼아 먹히고, 드디어 허수아비가 깡통 종을 달고 통 통 통! 새를 쫓는다. 누렇게 익은 벼가 가득 담긴 논둑엔 감이 단풍 잎사귀들을 달고 익어 홍시가 논바닥 벼 사이에 툭! 떨어지면 아직 덜 마른 논물에 잠겨 침감이 되기도 했다. 논둑에다 감나무를 심었기 때문이다. 몸이 가벼워 나무 오르기를 잘했던 난 감나무에 올라 홍시를 따다 나뭇가지가 부러지며 떨어져 가지에 걸려

다치지 않고 살아난 적도 있다. 가을이 깊어 일몰은 점점 빨라지고 고개 숙인 벼이삭은 황금 물결을 이루었는데 논둑에 자란 감나무의 감도 덩달아 단풍 잎사귀를 달고 노란 감을 익혀 붉은 홍시로 물들일 때 벼를 베기 시작한다. 벼를 베어 단을 묶은 후엔 논바닥에 나무기둥을 세우고 가느다란 소나무 막대기들을 걸쳐 빨랫줄처럼 엮어 거기에 볏단을 걸어 태양에 말린다.

늦가을 벼 베는 계절은 하루해가 아주 짧다. 볏단을 걸어 말리는 일은 온 식구가 총출동한다. 전깃불도 없던 시절 벼 베는 날은 땅거미 질 때까지 어둠 속에서도 일손은 멈추지 않는다. 때로는 초승달이 떠올라 희미하게나마 물체를 구별하며 이슬을 촉촉이 맞으며 일을 끝내고 집안에 들어서면 아련한 등불 속에서 어머니의 저녁밥 짓는 구수한 햅쌀밥 냄새와 함께 가족들의 풍성한 웃음과 평화가 익어간다. 어른들의 칭찬과 함께 돕고 일했다는 뿌듯한 자족감에 우쭐해지기까지 했었다. 타작을 끝내면 볏짚들은 그대로 논에 첨성대처럼 쌓아둔다. 겨울이면 짚가리 속은 바람을 막아 그 속은 아주 따뜻하고 포근해서 우리들의 놀이터가 되어 주기도 했다. 논은 한겨울에도 우리에게 놀이터로 제공해 주었다. 물을 대어준 논에서는 얼음썰매 타기와 팽이치기에 추운 줄도 모르고 놀았고 면적이 제일 넓은 논은 축구장이 된다. 축구공은 새끼줄을 꽁꽁 묶어 만들어지고 어른 아이 할 것 없이 공과 신발이 흙투성이가 되도록 뛰어놀았다. 물기가 빠지고 뽀송한 논은 때로는 시골 사람들에게는 큰길에서 집으로 들어갈 때 질러갈 수 있는 길 역할까지 맡아 하곤 했다. 사계를 뗄 수 없이 인간들을 위해 쉼 없는 영역을 제공하는 논은 생명의 원천이요 삶의 끈이었다.

요즘은 논 면적이 점점 줄어들고 있다. 아니 줄이고 있다. 쌀이 남아 돌아간단다. 이젠 쌀을 얼마큼 먹느냐가 아니라 어떤 쌀을 어떻게 먹느냐가 척도인 세상이 되었다. 한 귀퉁이라도 더 논을 만들어 한 톨이라도 더 만들려던 시절은 아득하고 한 뼘이라도 더 논을 메워 대지를 만들 방법을 궁리하며 공해 없는 쌀을 먹겠다고 무공해 쌀을 찾아 오리농법이다. 우렁이 쌀이라며 비싼 가격으로 사 먹고 사는 시대다. 그러나 내게 있어 논은 넓은 들에서나 산골짜기에 두런두런 붙어있는 다락논에서나 모내기 후 푸르름으로 세상을 생기 돋게 하고 가을 햇살에 누렇게 익은 벼 이삭들은 아름답고 소담스런 정서가 흐르는 시원(始原)이요 파노라마이다. 한때는 사람들이 모여 품앗이하며 삶의 애환도 함께 낱알 속에 영글었고 자식들 공부시키고 뱃심 돋우고 얼굴에 윤기 흐르게 했던 일등공신은 누가 뭐래도 "논" 바로 논이었다. 오늘도 이 지구 직장인들이나 생업에 종사하는 모든 이들이 밥줄을 위해 밥줄 떨어질까 봐 부단히 생존경쟁을 하며 살고 있으니 논이 주는 의미 부여의 위력은 아직도 대단하다.

Oh! Danny Girl(소먹이는 소녀)

시골에서 초등학교를 마친 소녀는 중학생 때 도시로 나가 생활하게 되어 방학 때면 귀향하곤 했다.

어느 여름방학이었다. 마을에는 여름날이면 매일 정오쯤부터 소를 몰아 풀을 먹이러 가는 일이 일상적으로 행해지고 있었다.

집마다 어미 소, 송아지 두 마리씩의 한우를 기르고 있는데 거의 소먹이는 일은 아이들 몫이다. 그런데 소녀의 집은 늘 할아버지가 맡으셨다. 마침 방학을 맞은 소녀는 마을 아이들 숲에 끼어 일손을 거들게 되었다. 목동들은 거의 소꿉놀이 친구들이다. 소먹이는 행선지는 마을을 에워싼 골짜기와 구릉지와 능선이다. 마을 어귀 작은 개울가 감나무 밑에는 소떼들이 모였다. 능숙한 아이들은 저마다 소고삐를 잡고 선두부터 떠나기 시작한다. 소녀는 집에서 가깝게 보아와 소가 무섭지는 않았지만 소를 몰아가는 일이 서툴러 많이 부담스러웠으나 열심히 따라 배웠다.

이끄는 대로 덩치 큰 소가 따라주는 모습이 신기했고 한 일원이 되어 행하는 오늘의 소명이 으쓱해지기까지 했다. 어떤 놈들은 그 새를 못 참고 나무접시 등짝 같은 변을 철썩 싸 붙이기도 했다.

마을을 벗어나서 오솔길을 지나 언덕을 넘고 드디어 원만한 골짜기 푸른 초지가 깔린 능선에다 소를 방목한다. 이때 아이들은 소고삐를 양쪽 뿔에다 칭칭 감아 매어주고 놓아주었다. 서툴기만 한 소녀의 소도 능숙한 솜씨로 처리해주고 금세 골짜기는 푸른 목장의 오후가 되었다. 소들은 싱싱한 푸른 풀들을 왕성하게 뜯기 시작했다. 아이들은 남은 시간을 예쁜 돌을 주워 모아 흙이 차분하게 깔린 산길에 앉아 공기놀이를 했다. 지천으로 곱게 열려있는 보리장 열매도 따 먹고 갈잎과에 속한 풋깨금 열매도 따 먹었다. 골짜기를 타고 등성이를 오르는 소들의 이동통로를 따라가면서 관리하고 있었다. 가끔은 선두 소가 외진 곳으로 방향을 틀면 피리 소리 대신 큰 소리로 "여~와! 여~와!" 하고 부르면 알아듣고 본대 방향으로 귀환하곤 했다. 아이들은 열매를 따 먹다 무료하면 다락 밭에 심어놓은 콩을 꺾어 콩서리를 해 먹기도 했다. 빈 밭 공간에 불을 지르고 새까맣게 타 익은 콩 껍질을 벗겨내고 먹는 풋콩 맛은 지금도 잊을 수 없다.

어린 목동들의 주전부리와 함께 해는 뉘엿뉘엿 산등성이를 타고 풀을 뜯는 소들의 등이 석양으로 물들어 가면 여지없이 "여~와! 여~와!" 하는 목동들의 소리는 골짜기를 울렸다. 그런데 아이들은 저마다 자기들 소를 잘 찾아내고 심지어는 다른 집 소까지도 기억하고 찾아내는데 소녀는 그 소도 그 소 같고 도무지 자기 집 소를 찾을 수 없었다. 그런 사정도 꿰뚫어 차린 아이들은 소녀 집의 소를 찾아 고삐를 소녀의 손에 쥐여주고 송아지도 찾아 어미 소 곁에 떠밀어 넣어 주었다. 자세히 살펴보니 소들의 생긴 모습이 다 달랐다. 소녀의 집 소는 희고 코가 상큼한 모습이 할아버지를 닮아 있었다. 청정한 풀을 마음껏 뜯어 먹은 소들은 모두 배가 두둑해져 걷는 걸음마저 더욱 뒤뚱거렸다. 소를 몰고 돌아오는 길은 무사히 하루를 마친 안도감과 일손을 도운 성취감에 발걸음이 가벼웠고 마음만은 소들 못지않게 배가 불렀다.

들로 산으로 뛰어다닌 운동량과 가족들의 칭찬에 저녁밥 맛은 일품이었다. 늘 짧은 입을 염려하던 가족들의 작전도 맞아떨어진 셈이다. 할아버지는 아침 식전에도 소를 먹이셨는데 그 역할이 소녀에게 돌아왔다. 아침에는 가까운 장광 개울가에서 혼자 풀을 먹인다. 너무도 맑아 달콤하기까지 한 공기 속에 시냇가 가장자리로 소들이 좋아하는 이슬 먹은 풀들이 이슬을 흠뻑 먹은 채로 돋아 있었다. 험한 산이 아니고 혼자인지라 소고삐를 그냥 놓아 주고 잠이 아직도 덜 깬 소녀는 구슬같이 고운 자갈돌들이 깔린 작은 바위 위에 앉아 흐르는 냇물 소리를 들으며 아직 활동하지 못하는 세포 때문에 졸고 있었다. 말 없는 소녀의 숨소리와 "쓱쓱" 소가 풀 베어 먹는 소리 속에 너무 맑아 파란 하늘이 풍당 빠져있는 듯한 물속에서 버들치들이 희끗희끗 배를 뒤친다. 소녀가 눌러앉은 바위에서 개울 건너 길섶을 바라보니 노란 달맞이꽃이 함초롬히 이슬을 털며 아침 인사를 나누려 했다. 이처럼 여유롭고 한가롭게 달맞이꽃을 맞아본 적이 없었다. 그날 식전의 달맞이꽃은 영원히 소녀의 가슴에서 지워지지 않았다. 이 청정한 시간들이 소녀의 몸 어딘가에 차곡차곡 저장된 정서가 자라온 환경과 대자연과의 교감으로 체질화되었다. 아침 해가 앞산 봉우리를 성큼 올라서면서 집으로 돌아온다. 소는 해를 보자 성급했는지 급히 소녀를 끌고 가려 하자 고삐를 당기며 "워~어! 워~어!" 소리치며 진정시키니 이내 순해진다. 아마도 어제 함께 한 신뢰감이 작동했음인가 보다. 이렇게 풀이 무성한 여름날엔 방목으로 목초를 먹이고 겨울에는 영양보고인 콩깍지, 쌀 등겨, 볏짚으로 여물을 만들어 먹여 기르는 한우들, 늘 그 소들은 등에 기름이 주르르 흘렀다.

일본 오사카에 가면 관광 상품 중에 이슬 맞은 풀을 먹고 자란 소의 갈비와 불고기를 실컷 먹는 이벤트가 있다. 그 풀을 먹은 소는 우유도 양질이란다. 격세지감이다. 한 알갱이 공해가 없이 자연 속에서 신이 내린 양질의 양식만 먹고 자라던, 어린 목동들과 소녀가 풀을 뜯게 했던 그 청정한 소들! 그 시절엔 소는 논갈이 밭갈이용 연장으로 그처럼 정성스럽게 길렀다. 명절 때만 그 청정한 소를 드러나지 않게 한 마리 잡아 온 동네가 내일의 생을 헤쳐 나갈 에너지원으로 삼았다. 사람은 물론 동물들도 마음 놓고 먹거리를 찾을 수 없는 오늘의 이 여름을 맞고 보니 그림 같은 소먹이는 목동들이 존재하던 그 시절의 환경이 낭만으로 반추되어 사무치도록 절실하고 그리워 도돌이표를 찍고 싶은 오늘이다.

옹기장이 사람들

육십여 년 전, 내가 다녔던 초등학교 벚나무 울타리 아래엔 하얀 수염을 길게 기른 단아한 할아버지가 문방구점을 하셨다. 그 할아버지 댁은 넓은 마당과 품격 있는 우물이 있는 기와집이었다. 동네 사람들은 황토가 붉은 흙집 초가에서 살면서 교실 삼 분의 일만 한 건물에 모여 무엇인가를 하곤 했다. 그 할아버지네 손자가 초등학교 동창인데 그 아이는 자기 집의 남다른 생활을 드러내기 싫어했다. 타지에서도 와 사는 각 성(性) 받이인 그 사람들은 할아버지를 친척들보다 더 돌보고 챙기며 살았는데 나는 어린 마음에 "참 이상도 하다!"했다. 나뿐만 아니라 그 지방 사람들에겐 외계인들로 보였다. 모였다가 끝나면 모두 그 할아버지 댁에 모여 잔칫집처럼 북적거렸다. 그 할아버지는 가게도 운영하며 깨인 문명 생활을 하고 있었는데 그 동네를 이름하여 옹기전(옹기마을) 거리라 불렀다.

어느 겨울날 그 동네 아이들은 두툼하고 시중에는 볼 수 없었던 외투들을 입고 학교에 왔었다. 그중에서 겉은 가죽으로 되어있고 속은 털로 되어있는 외투를 입은 아이와 내 빨간 골덴 외투를 바꾸어 입어 보았다. 따스함과 무게가 비교하기 어려웠다. 알고 보니 그 옷들은 돈 으로 살 수 없는 외국에서 온 구제품들이었다. 그 겨울이 다 갈 때까지 그 옷에 대한 미련을 버리지 못한 유년의 추억이 있다. 유행하는 옷은 제일 먼저 사 입은 내 골덴 외투는 왜소하기 짝이 없었다.

세월에 강산이 여섯 번 정도 변했을 지난해 천주교인이 되어 강릉의 옥계성당에 들렀다. 그런데 내가 나고 자라며 보아온 그 수염 긴 할아 버지가 바로 묵호본당 남양 공소 회장님이셨고 옥계성당의 모태였다 는 사실을 육십 년만에 알게 되어 얼마나 감회가 깊었는지 모른다. 언 젠가 그 할아버지 손자의 소식이 궁금하여 알아봤더니 자살을 했단다. 목줄을 세워가며 노래도 곧잘 불렀던 친구였는데 무엇이 그처럼 극단 으로 몰고 갔는지 신앙도 과유불급이런가? 충격이었다. 자그만 하지 만 예쁘고 깨끗한 옥계성당은 바다가 지척에 있고 마당에 깔린 자갈 들이 내 유년의 구슬 같던 그 모습으로 환해 왔다. 그 옛날 옥계 성당 은 자리도 이곳이 아니었다. 성탄 때면 아이들이 장마르촌의 이발사라 는 연극을 해 지나는 길에 들여다보곤 했고 하느님이 그저 푸른 하늘 이 하느님이었던 시절이었다. 이제 하느님의 부름을 받고 신자가 되어 고향의 성전에 들어서니 감회가 남달랐다. 진작 눈을 떴더라면 지금에 서 신앙생활을 하던 옹기장이들과 함께 했을 테고 할아버지 손자였던 초등학교 친구와도 다른 영감의 교류가 있었지 않았을까 싶다.

지금 옹기장이들의 신앙의 그루터기엔 신앙의 흔적이 없다. 학교마 저도 학생 없는 건물에 배정받은 교사 하나만 지키고 있다. 변함없는 벗나무만 버티어 서서 그 옛날부터 이 깊은 산골까지 찾아오셨던 신의 숨결을 듣고 품고 있었다. 진작 주님을 알아보지 못하고 아주 먼 길 돌아 여기 온 나, 할아버지의 손자에게 타임머신을 타고 돌아 가 뿌리 깊은 신앙인을 조상으로 둔 은총을 마음껏 축복해 주고 싶은데 아쉽다. 간혹 비틀거릴 때도 있지만 주님의 섭리 안에 순응하며 사는 나의 모습을 보여 주고도 싶은데 신앙이 없는 사람도 해서는 안 될 행위로 아름답지 못한 길을 갔다니 허탈했다.

이번 성당 방문은 단조롭고 침체되었던 신앙생활 속에서 새로운 변화를 모색할 수 있었던 전환점이 되었다. 늘 채찍과 보살핌으로 내게 당신을 채우시는 주님께 오늘의 감동을 봉헌한다.

외갓집 소묘

어머니는 딸만 6형제 중 맏이이다. 딸들은 인물이 출중했다. 그런데 성격과 생김새는 모두 달랐다. 시에서 살짝 벗어 난 넓은 들판에 달빛이 가득한 박월동(博月洞) 외갓집은 살짝 낮은 뒷산을 끼고 활짝 열린 시야는 끝없이 펼쳐진 논들과 버덩마을까지 있는 곳이다. 이쪽도 맏손주이고 저쪽도 맏손주인 난 외갓집에서도 사랑을 많이 받았다. 대갓집 종손인 외할아버지는 3형제분과 모두 한마을에 사셨다. 방학이면 으레 외갓집엘 다녀오는 것이 연례행사였다. 아버지는 어머니와 우리 남매들을 시내 여관에서 하룻밤 재우며 맛있는 음식과 구경을 시킨 후 외갓집에 데려다 주시곤 했다. 우리 가족이 외갓집에 도착하면 이모님들은 버덩마을까지 줄을 서서 나와 맞아 주었다. 그 첫 밤엔 외할머니와 어머니는 밤새도록 새벽까지 도란도란 얘기꽃을 피우셨다. 아들 없이 사신 외할머니는 늘 마음 한구석에 소극적인 품성이 남아 있었다. 영특한 딸들을 재산이 있었으면서 적극적인 교육의 문을 열어 주지 못

했다. 외갓집에 가면 작은 외갓집들도 맨발 버선으로 반갑게 맞아 주고 어머니 사촌들도 친조카처럼 사랑하셨다. 한여름 날 첫째 작은 외갓집으로 가다가 도라지밭을 만났다. 초등생이던 나는 한창 망울 맺힌 도라지꽃 봉오리를 다 터트렸다. 퐁퐁 소리 나는 꽃 터뜨리기는 여간 재미있는 게 아니다. 백여 평이나 되는 도라지꽃을 한나절까지 모조리 터트려 놓았다. 꽃봉오리를 터트려 놓으면 좋지 않다는 것은 뻔한 일이었지만 누구도 야단치는 사람이 없었다. 참외밭 농사를 하셨는데 원두막이 왜 그리 좋고 즐겁던지 가기만 하면 노랑 참외 개구리참외를 마음껏 숙성된 것만 골라 먹을 수 있었다. 활동적인 넷째 이모는 어느 해 아직은 토마토 농사를 거의 하지 않을 시절에 텃밭에다 토마토를 심었다. 그 당시엔 토마토가 지금처럼 단맛 신맛이 합쳐지지 않고 그저 심심한 맛뿐이어서 우리들의 입맛엔 별로 인기가 없었지만 그게 바로 토종이었다. 마을 뒤편엔 큰 저수지가 있었다. 온 동네 냇가에나 논으로 흘러 들어가는 도랑에는 물이 넘쳤다. 고기도 잡고 빨래도 하는데 거머리가 출동할 때면 몸이 오그라들었다. 재 넘어 둘째 작은 외가댁에 가면 갓 쓰고 수염 긴 노 할아버지가 계셨는데 효부 효손들로 항상 식구들은 섬김과 사랑이 가득 차 있었다. 문장이 출중한 작은 외할아버지는 출입객이라 외도도 했지만 부처같은 할머니는 시샘은커녕 흔들림 없는 조강지처의 덕행으로 가정의 평화를 세웠으니 오죽하면 자식들이 집집마다 다 그렇게 사는 줄 알았다고 했을까. 작은 외할머니는 노후를 강릉 왕산골에서 맏아들과 지내셨는데 이성교 시인은 작은 외할머니를 "싸리골 영가" 시집 중 왕산골 어머니에서 눈이 맑아 귀가 늘 열려있고 속으로 흐르는 물도 자연 더웠다고 했다. 시 속엔 박월동도 자주 등장한다. 시인님은 고교 학창시절 작은 외가에서 기거하셨다. 칠 남매를 키우시고도 이 시인님을 친 자식처럼 대해 주셨다고 한다. 시인님 역시 친어머님처럼 돌보셨고 지금도 남은 자녀들과 친형제처럼 지내고 계신다. 작은 외할아버지는 서예가로 돌아가시기 전까지 활동하셨는데 기념작품 한 편은 내 집 문원당 거실에 걸려있다.

어느 초겨울날이었다. 외갓집은 큰 산을 소유하고 있었다. 그 시절엔 떨어진 마른 솔잎이 땔감 1호였다. 도둑들이 남의 산에 들어 모두 긁어 간다. 두 살 아래 막내 이모와 둘은 자리 하나 들고 도둑 지키러 산으로 갔다. 마을에서 떨어져 있는 산속은 찬바람이 윙윙 울었다. 자리를 깔고 두 소녀는 말없이 노트장을 넘기기만 했다. 소나무 숲이 아주 울창했고 적막 속의 솔바람 소리는 왠지 모를 고향 생각을 불렀다. 도둑은 올 기미가 없고 바람은 점점 스산해져서 해 떨어지는 산속은 보이지 않는 심오한 영과 교감하고 있었다.

외갓집 곳간에는 큰일을 치르거나 명절 때면 먹을 것이 가득 찼다. 외할머니는 곳간으로 데리고 가 먹고 싶은 대로 골라 먹게 하셨는데 입이 짧았던 나는 고작 한두 개 집어내고 말면 안타까워하시곤 했다. 외갓집 동네는 친척이 아니라도 외갓집을 방문해 와서 인사를 나누곤 했다. 어머니의 자리와 위치가 그처럼 넓었다는 의미일 게다. 지금 이 나이까지도 작은 외가 이모들과 외삼촌들, 또 마을 분들까지도 친조카처럼 옛날과 꼭 같이 반겨주고 왕래하고 챙기며 산다. 예의범절이 너무 과해 오히려 폐가 되고 법 없이도 살 수 있는 사람들이다. 사촌들까지도 유난히 우애가 좋기로 소문난 그분들은 여전히 한평생 서로 모임을 만들어 만나며 건강하고 재미있게 살아가고 계신다. 학문과 지적 갈망으로 늘 목말라 하시던 넷째 이모님은 호탕하고 리더십이 강해 남자로 태어났거나 공부만 많이 시켰더라면 큰 인물이 되었을 재목이시다. 이모님은 딸들과 똑같이 나를 챙기며 천주교에 귀의하여 신앙생활도 하시며 노후를 잘 지내고 계신다. 일찍 돌아가신 어머니를 대신하여 날 챙겨 주시는 정이 많고 예쁘고 깔끔하신 이모님이 내 곁에 계시기에 어쩌면 어머니의 부재를 덜 느끼며 살아가고 있는지도 모른다. 이젠 3형제만 남으신 친 이모님들. 그중 바로 윗언니의 도움에 힘입어 간호학을 한 막내 이모는 칠순에도 직함을 가진 직장인이다. 뿌리와 예절과 인정으로 대 이어오는 자랑스러운 외갓집을 가진 것은 축복이다. 지금도 옛날과 변함없이 건강하고 우애롭고 재미나게 그때 그 모습들을 잃지 않고 살아가시는 외갓집 식구들을 보면 어머니 부재에 대한 대리만족을 느끼기도 하고 보이지 않는 가문과 뿌리의 도도함을 확인하기도 한다.

화암사禾岩寺 란야원蘭若苑

    십여 년 전에 나는 남편의 직장 임지였던 속초에서 교통사고로 병원에서 두 달 동안을 대소변을 받아내고 육 개월을 목발에 의지하며 살았던 적이 있다. 자연히 도우미 아줌마가 필요했다. 마침 아는 것도 많고 유치원에 다니는 딸 하나를 둔 착하게 살아온 상은이 엄마가 내 수발을 들게 되었다. 사월 어느 날 꼼짝 못하고 들어앉은 내가 안쓰러웠는지 상은이 엄마는 자신이 다니는 가까운 산사가 있는데 가 보라고 했다. 꽃도 많이 피고 풍광이 좋아 목발을 짚고라도 가서 바람 좀 쏘이라고 권했다. 용기를 내어 찾은 그때부터 풍광과 분위기에 매혹되어 틈만 나면 그곳을 찾게 되었다.

    고성군의 화암사는 금강산 줄기에서 제일 끝자락 신선봉 아래에 있는 산사로 미시령 입구 잼버리장 옆에 일주문이 있다. 그 산사 마당 가 계곡 비탈에 고즈넉한 누각이 하나 걸렸는데 <란야원>이라는 전통 산사 찻집으로 방바닥엔 다다미가 깔려있다. 이곳 송화밀차는 다른 어떤 찻집에서도 맛볼 수 없는 특설차이다.

겨울에는 질그릇 주전자의 찻물이 난로에서 끓었다. 불교성물센터도 있는 이곳은 풍경 소리와 함께 누각 통유리 창으로 속초 시내와 바다가 그대로 조망되었다. 계곡 건너편 수(穗) 바위가 수호신처럼 내려다보고 있는 곳이다. 곡식 수 자를 쓰는 이 바위는 전쟁 시 주민들이 양식이 없어 어려울 때 어느 스님이 들고 있던 지팡이로 바위를 치니 쌀이 쏟아져 나와 사람들을 구해 냈다는 전설을 지닌 바위다.

봄이면 온 산사가 벚꽃과 푸른 잎으로 산소 덩어리가 된다. 금강교 아래 계곡으로 흐르는 물소리와 물빛은 너무도 맑고 시원해 여름엔 냉장고 대용으로도 쓸 수 있다. 수 바위까지는 간단한 산책도 할 수 있고 정상에 올라서면 울산바위는 물론 미시령 자락과 대명콘도, 그리고 바다가 한눈에 잡힌다. 하일라벨리의 깊은 숲속도 더 숨을 수 없는 금강산 끝자락이다.

이렇게 좋아 자주 찾다 보니 찻집 보살님과는 남다른 인연으로 친척처럼 식구처럼 지내는 사이가 되었다. 여름이면 선풍기도 필요 없다. 찻집 누각 사통팔달 문을 다 들어 열어젖히면 산바람 계곡 바람이 순식간 더위를 휘몰아 낸다. 송화밀차 한잔 들고 문지방에 비스듬히 등을 대고 앉으면 스치는 바람에 금방 스르르 눈이 감긴다. 가을 단풍은 절정을 이룬다. 일주문을 들어서면 양옆으로 나지막이 산죽이 도배한 위로 활엽수들이 일제히 붉은 빛을 토해내고 계곡을 흐르는 물소리가 하늘빛만큼 청아하게 노래하는 화암사! 나는 한겨울 눈 덮인 그곳을 자주 찾아 나섰다.

어떤 겨울은 눈이 너무 많이 쌓여 외진 그곳 가는 길이 막혀 버릴 때가 있었다. 폭설에 빠진 그 길을 운 좋게도 타이밍이 맞아 떨어져 시청 제설차가 막 뚫어 놓은 길을 처음 지나가는 그 기분은 마치 개선장군 같고 최상의 행운아가 되는 날이다. 란야원 다실 마당에는 쌓인 눈이 차량의 키보다 훨씬 높았다. 언제나 정갈하게 다다미가 깔린 따뜻한 난로 위의 질그릇 주전자에선 찻물이 모락모락 수증기를 내 뿜다가 눈을 뚫고 방문한 한객을 깜짝 놀라며 반긴다. 누각에서 바라보는 사통팔달 전경은 가히 무아지경이다. 크고 작은 나뭇가지에 쌓인 설경은 한 폭의 산수화요 예쁜 카드이고 싸아한 눈바람은 태초의 바로 그 산소였다.

사람들은 무수히 속초를 오가며 설악을 음미하지만 사계를 연출해 내며 산딸기처럼 숨어 앉은 이곳 화암사를 찾아올 줄 아는 이는 그리 많지 않다. 그러기에 더욱 빛이 나고 귀하고 소중해서 아주 은밀한 나만의 소유물로 착각할 때도 있다. 아주 소중한 사람들만 알려주고 함께 즐기기도 한다. 이곳 란야원은 일출에 문을 열어 일몰까지만 영업한다.

어느 해 섣달 그믐날 밤, 시내에선 제야의 분위기가 제법 술렁거릴 때다. 반쪽과 단둘이 정적이 깃든 산사의 란야원을 찾았더니 명절날처럼 불을 밝힌 다다미방 찻집의 운치는 표현할 수 없을 정도로 황홀했다. 우리 부부만 손님으로 맞아서 떡국을 끓여 주는 보살님의 살가움에 고향의 맛보다 더 포근함을 느꼈다. 그날 산사의 밤 정경과 그믐이라는 정서적 고요에 도취가 되어 황홀한 눈물이라도 날 것 같은 환희에 빠져 버렸다. 그날 밤 화암사에서도 마지막 가는 해를 아듀하고 새해를 맞으려는 정갈한 기다림의 속내가 제야의 종을 치진 않았지만 아주 조용하게 듣고 읽을 수 있었다.

지금도 그 밤을 생각하면 온몸의 세포가 살아나는 감정에 빠진다. 그런데 요즘 제법 그곳을 찾는 이들이 부쩍 많아진 듯하다. 어쩜 그 현상에는 내 오지랖도 일조했다. 어디든 누구에게나 좋은 것을 보면 가만히 있지 못하는 성품에 함께 보고 즐기고 음미하고 싶기 때문이다.

한번 거쳐 간 다른 이들도 아마 같은 심정이었을 것이다. 아름다운 현상인데 다만 염려스러운 것은 이 아름답고 귀한 곳을 한 치라도 훼손 오염시키지 말고 천혜의 대자연 그 모습 그대로를 간직할 수 있게 보호하며 인정을 나누고 누려준다면 누가 말리랴.

긴 장마철 여름날, 세계걸스카웃잼버리대회가 한창 벌어진 고성 잼버리장을 방문했다. 우정 찾아도 볼 정겨운 곳을 참새가 방앗간을 그냥 지나칠 수 없듯이 오늘도 나는 운무 지피고 계곡 물안개 가득 핀 이곳 화암사 란야원에 앉아 있다. 형제 같은 주인 보살님이 따라주는 송화밀차를 마시며 추억의 삼매경에 도취해 마냥 행복해하고 있다.

제2부

감성과 영성

사부곡

올해가 아버지 가신지 꼭 열두 해 되는 해다. 아직도 전화를 걸면 밝고 힘차 목소리와 전화가 끝날 때면 "응! 그래. 그래라!"하시며 도닥여 주시던 그 목소리가 가시지 않았다.

아버지는 무녀독남이던 할아버지의 2대 독자로 태어나셨다. 할아버지의 남다른 교육열로 팔십 년도 전인 일제 시절에 금융조합에서 대출을 내어 공부를 시킬 줄 아셨던 선견이 놀라웠다. 학교 교사들은 전부 일본사람들이었다. 측량학과생이었는데 집에는 늘 일제 측량기기에 필요한 도구들이 있었고 성적이 좋아 일본 교사들이 일본으로 데리고 가고 싶어 했는데 자손 귀한 2대 독자에다 그 시절만 해도 외국이라면 지구 밖으로 생각됐던 엄청난 시절이었으니….

바로 인생이 달라지는 분기점을 맞기도 하셨다. 그랬더라면 아마 내가 존재할 수 없었을지도 모른다. 6.25 전쟁 때는 해병대 문관으로 우리집 방구석엔 총이 장전돼 있었고 칠흑같이 어두운 밤 윗동네에 공비들이 쳐내려와 구사일생으로 목숨을 구하기도 하셨다. 전쟁이 끝난 후

약관의 나이에 공직에 몸담아 부면장을 거처 32세에 전국 최연소 지방자치단체장에 당선되었다. 늘 예의 깎듯 하시고 남을 배려하며 욕심이 없이 베풀기만 하셨던 성품이라 부는 많이 쌓지 못했지만 누구? 하면 아! 그 사람! 하는 소리를 들었고 자식들 또한 누구 자제들이라고 하면 모든 분이 사랑해 주셨다. 더러는 욕심 없는 베풂을 헤프다고 폄하하기도 하였다. 우리는 아버지 그늘에서 늘 자신감 넘치고 긍정적인 모습으로 자랐다. 그러나 그 시절엔 출입한다 하면 씨앗을 두지 않고는 불출로 치부되던 시절이긴 했지만 자유로울 수 없는 아버지는 꽃은 비에 젖지만 꽃 향기는 젖지 않는다고 하셨다. 5.16군사혁명으로 공직을 그만두시고 사업장으로 뛰어드셨다.

사업은 아무나 하는가. 남을 후려치기도 하고 속이기도 하고 채우는 욕심도 많고 해야 하는데 잘 될 리 없었다. 그냥 닮아 가기만 했는지도 모른다. 다행스럽게도 할아버지께서 지니신 능력으로 먹고살기에는 지장이 없었다. 돈 많이 버는 재주는 없으셔도 우리 자식들에게는 부족하고 불편함이 없이 너무도 든든하고 나아갈 방향을 제시해 주고 길을 열어주셨으며, 늘 아버지가 계시기에 두려움이 없었다. 모든 것은 아버지만 계시면 다 해결되었다. 대 이은 교육열로 시골에서 우리를 중학교부터 도시학교로 보내시어 엘리트로 만드셨고 퀸카로 자라게 해주셨다.

늘 우리에게는 자신감과 여유로움을 북돋아 주었다. 그랬기에 우린 세상 물정을 모르고 자랐다. 어머니 먼저 하늘나라로 가시고 홀로 맞은 칠순에는 조촐한 잔칫상과 함께 글 한 편 올려 드렸다.

시리게 하얀 천지의 설원
움츠려 업디 인 백봉령 산기슭
앞산 머리 햇살 문풍지에 떨어지는 고즈넉한 뜰,
면면히 이어 온 조상의 숨결 흐르는 양지바른 터전에
맑은 시냇물 구슬처럼 흐르는 시냇가
소담한 고요와 기다림이 웅얼대는
바로 그 날 정월 열사흘 날
종가의 적막 깨고 2대 독자 울음소리 우렁찼지.
남다른 식견과 지식으로 청운의 꿈을 안고
미래의 청사진도 찬란했었나니
격동과 변란의 역사 속에서 험한 굴곡 인생 여정
목숨 꺼지지 않고 예까지 왔음은 신의 안배이심이라.

인정과 의리와 순박함이랴
어느 부모가 사랑하지 않는 자식 있으랴만
끔찍이도 유난히 아끼시던 자식 사랑은
사람을 귀히 여긴 대 이은 품성이라
아낌없이 주고도 또 주고픈 아량의 바다.
우리 기르실 제 당신의 방풍막 없었다면
오늘의 우리 삼 남매 어찌 설 수 있었으리요.
당신의 어질고 포근한 격려와 인고의 안배로
고뇌와 충격을 삭일 줄 알며 지혜와 총명의 눈을 뜨고
살아가나니
우리 삶의 지렛대인 아버님!
불혹을 넘긴 이 자식들 아직도 어렵고 고단할 땐
당신의 포근한 음성 들음으로 용기를 얻는

아! 아버님! 당신 앞에선 영원한 어린 자식입니다.
천명을 못다 한 어머니 여생까지
오래오래 건강하게 저희 곁 지켜주소서!

홀로 노후를 보내셨지만 타고 난 깔끔함과 부지런하심으로 방문해 보면 젊은 자식들보다 더 쾌적하게 사셨다. 이부자리도 늘 정갈했고 단정한 옷차림으로 나부끼는 은발에 모자를 쓰고 세련된 스틱을 들고 외출 나서면 너무 멋졌다. 젊었을 때도 훤칠한 키, 정장에 흰 와이셔츠 위로 멜빵끈 바지를 입으셨던 아버지가 정말 자랑스러웠다. 공직에 계실 때나 사업으로 전국 방방곡곡은 일찍 섭렵하셨지만 바삐 사셨기에 차일피일 미루다가 해외여행 한번 보내드리지 못한 것이 평생 가슴에 맺힌다. 팔순에도 늘 바쁘셨던 나의 아버지! 자전거로 주변 산사를 누비시며 건강관리도 하셨다. 꿋꿋하게 아들. 딸에게 기대지 않고 자립하시던 아버지는 병상에 계시다가 팔십 셋에 강릉 갈바리아 병원에서 아들, 딸 사위가 지켜보는 가운데 임종하셨다. 3대 독자 남동생은 온 집안과 주위에서 왕자처럼 받들었지만 겸손한 품성과 사려 깊은 배려, 타고난 부지런함과 솔선수범으로 스스로를 낮추며 제 몫을 충분히 해내는 든든함까지 갖추었다. 스트레스가 쌓이면 수학을 풀면 해소된다는 영재 큰 아들과 두 아들을 두었고 살아오면서 아버지에게 받은 특별한 보호와 사랑에 노후를 꾸준히 보살폈다. 그날은 평소 나의 불효를 불쌍히 여기신 하느님이셨는지 불현듯 만사 제치고 아버지를 한 사나흘이라도 간병해야겠다고 병원으로 갔던 날이다.

어머니 가시던 날처럼 그 날은 비가 억수로 쏟아졌다. 마침 수녀님께서 병실로 오셨기에 아버지께 대세를 드리기 위해 하느님의 존재 확인을 물었더니 나를 쳐다보시고 똑바로 누우신 채 "하느님 하라는 대로 하지 뭐."라고 화답 순종하셨다. 그리고는 그동안 옆 병상의 환자분께 얻어 드신 두유를 갚으라 하시고, 청포도 한 송이를 맛있게 드신 후 아주 달고 깊은 잠을 주무셨다.

다음 날 아침 동생의 위급한 전화를 받고 달려갔다. 힘없는 손을 흔드시는 아버님께 수녀님을 불러 대세 식을 거행했다. 본명을 지어야 했다. "수녀님! 당신이 가진 모든 것을 다 내어주려고 한 성인이 어느 분인가요?" 기다렸다는 듯이 "빈첸치오, 성인이잖아요!"하신다. 그렇다. 바로 그분이시다. 김한기 빈첸치오! 주님! 김한기 빈첸치오에게 영원한 안식과 평화를 주옵소서! 주님께서는 나의 일거수일투족을 다 관리하신다. 평생 아버지께 따뜻한 보살핌 없이 효도 한 번 못하고 살아온 나를 불쌍히 여겨 이렇게라도 아버지를 마지막 찰나에 대세를 받게 하여 '빈첸치오' 라는 본명으로 구원받고 하느님 품에 안기게 한 것이 불효를 씻을 수 있는 일이라면 얼마나 좋을까.

평생 아버지께 지은 불효를 조금이라도 면할 수 있는 길이고 위안이기를 간절히 기도한다. 강릉 청솔공원묘지에 묻힌 아버지 비석에는 「김한기 빈첸치오」라는 이름이 따뜻한 삶의 잠언으로 각인되어있다.

시린 겨울날의 그리움

세밑 무렵이면 내 할아버지가 그립다. 그분께서 태를 가르고 평생을 사셨던 고향 마을의 봄날이다. 앞산 봉우리로 불쑥 솟는 햇살에 누렁이 짖어대고 갓 깨어난 노란 병아리들이 꽃잎 흩어지듯 마당에 퍼져 노는 그곳. 여름에는 진보랏빛 소엽(약초) 잎사귀들이 작열하는 태양에 지쳐 고개 숙이고 툇마루는 달아올라 돌 구들처럼 따가웠다. 붉게 익은 석류알과 감나무의 홍시가 가을 햇살에 피를 토해내면 문전옥답에는 황금 물결로 풍요를 노래했다. 한겨울 처마 끝에 고드름 녹아 흐르는 소리는 소낙비가 되고, 서산으로 넘어가는 저녁 햇살이 댓잎을 한옥 문풍지에 카드로 새겨 넣는 그런 곳이었다.

무녀독남으로 사신 할아버지는 나보다 네 살 위인 막내딸을 두셨는데 나이 차이는 겨우 네 살 차이였지만 내겐 고모인지라 집안일도 엄마와 함께 해내며 어른스러웠고 후덕한 모습과 맘으로 어른이 되어서도 마음을 편안하게 해 심한 차멀미로 정신이 혼미할 때 정신적으로 힘들어 질 때 고모의 모습을 떠 올리면 진정이 되는 아스피린 같은 존재였다.

할아버지는 맏손녀인 나를 무척 사랑하셨다. 해마다 겨울로 접어들 무렵이면 문중 시제가 행해지는데 거기에 가실 땐 꼭 나를 데리고 가셨다. 여자아이를 잘 데리고 다니지 않는 시절이었다. 진종일 따라 다니다가 돌아오는 해질녘은 할아버지 등에 업혀 어린 마음에서도 할아버지의 사랑이 등에 기댄 내 귓불에서 녹는 소리를 들으며 잠이 들곤 했다. 감아 업으셨던 팔의 등 추스름에 잠이 깼을 땐 어디쯤인지도 모른다. 나의 얇은 기척에 "잠이 깼느냐? 이제 다 왔다!" 하시는 할아버지의 목소리엔 어린 손녀딸이 행여 어스름한 낯선 곳에서 무서움이라도 탈까봐 도닥여 주시는 사랑을 깊이 느낄 수 있었다. 그 순간 내 시야에 와 박히는 큰길 가 감나무 한 그루, 그 고목 나무 꼭대기에 다 따고 남겨 놓은 까마귀 먹이용 홍시 여나무 개가 시린 겨울 저녁을 응시하고 있었다. 삭막한 나뭇가지들의 잔영이 아직도 내 마음속에 각인되어 겨울이 오면 할아버지를 그리게 한다.

사계를 대자연에 순응하며 살아오셨던 할아버지는 덕장에 말려두었던 곶감을 손질하셨다. 감나무가 많아 백여 접이 넘는 곶감을 하나하나 갈무리하여 손질하시는데 할아버지의 손길이 닿지 않고서는 제구실을 하지 못하였다. 곶감을 접어 백 개씩 묶어야 한다. 곶감과 곶감이 서로 닿지 않게 받침대를 넣어 주어야 곰팡이가 피지 않는다. 그것을 방지하기 위해 싸리나무로 예쁘게 국화 무늬를 떠서 곶감 접을 완성 시키신다. 할아버지께서 하시는 방법을 눈여겨보고 해내면 가끔 도우미로 쓰시기도 했다.

곶감 작업이 끝나면 할아버지는 식구들이 잠든 긴긴 겨울밤에 사랑방에 홀로 앉아 왕골자리를 짜셨다. 딸그락! 딸그락! 고드랫돌 부딪치는 소리에 장단 맞춰 트랜지스터(라디오)가 제 몸체만 한 배터리를 등에 지고 밤새도록 떠들어야 했다. 겨울마다 짜 내시는 사랑 줄로 우리 집 방바닥은 늘 윤이 나는 왕골자리가 정갈하게 깔려 쾌적한 생활을 할 수 있었다. 밀가루 음식만 먹으면 속이 안 좋아 고생하는 날 앞세우시고 깊은 산속에 토종 벌꿀을 놓은 곳으로 가셨다. 지게에다 큰 질그릇을 얹고 벌통에 도착한 할아버지는 담배 연기를 벌통에다 뿜으니 벌들은 날지 못하고 고물거리기만 했다. 빠른 동작으로 꿀을 떠 질그릇에 담고 벌들이 연기에서 깨어나기 전에 그곳을 떠나와야 한다. 오지자배기에 담긴 꿀은 벌집과 함께 발간색으로 철철 넘쳤다. 즉석에서 느끼하도록 실컷 퍼먹도록 한 후 따뜻한 이불 속에서 땀을 내며 한잠 자게 하셨다. 그 후로 난 한 번도 그런 증상을 겪어본 일이 없다. 민간요법도 많이 알고 계셔서 우리 식구들은 할아버지가 든든한 의사이기도 했다.

소학 대학 사서삼경을 섭렵하신 할아버지는 일하실 때면 적적하셨을 것이었다. 안채로 향해 큰 소리로 나를 부르시고 옛 성현들의 말씀을 새겨 주셨다. 철없는 난 불려와 앉았기는 하지만 다리는 뒤틀리고 귀찮기만 했다. 그러나 이상하게 그 투덜거림 속에서도 고스란히 지식의 알곡들이 내 머리에 입력되어 채워지고 있었다. 재미까지 있었다. 사랑하는 손녀딸이 시집가던 날은 눈은 하얗게 쌓였으나 눈이 시리도록 맑고 푸른 하늘이었다. 눈 덮인 겨울밤 손녀사위 불러 앉히시고 "여자는 물그릇 같아 둥근 그릇에 담으면 둥글어지고 모가 난 그릇에 담으면 모가 난다. 이제 내 손녀딸은 시집 모양대로 담아질 것이니 부디 반듯한 그릇에 담아 주기 바라노라!"는 덕담과 당부의 말씀을 해 주셨다. 진리만을 일러 주셨고 지혜와 근면을 행동으로 보이시며 사신 너무도 멋진 나의 할아버지를 어느새 손녀사위도 사랑하게 되었다. 돌이켜보니 그때는 절절히 느끼지 못했던 할아버지의 사랑과 지혜로움이 오늘의 반듯한 내 삶을 세울 수 있는 기폭제가 아니고 무엇이겠는가. 꼭 닮고 싶고 존경하고 자랑스러운 내 할아버지이시다. 할아버지는 고향집이 아련히 내려다보이는 백봉령 정상 양지바른 풀밭에 누워 계시며 오가는 길손들의 길을 안내해 주신다.

칠흑 같은 겨울밤 굽이진 영에는 간간이 내려오는 화목 차량 불빛이 반짝였다. 골수에 밴 자손들의 큰사랑을 눈감아도 못 잊을 내 할아버지. 이 세상에 자손을 귀히 여기지 않는 조상이 그 어디에 있으랴만 혈혈단신이셨던 나의 할아버지는 유난히도 자손 사랑이 남다르셨다. 온통 이 세상에 당신 자손만 존재하는 듯 어김없이 찾아 드는 사계의 질서 속에 어느덧 기러기는 북녘을 향해 비상을 꿈꾼다. 지난봄에 정원에 심은 반송(키 작은 소나무) 몸체가 볏짚 옷을 입은 이 시린 겨울날, 유난히도 뜨겁게 가슴에 젖어 드는 이 그리움은 아마도 할아버지께서 이 세상에 첫울음을 터트린 바로 그 날이 이 세밑 겨울날이었음이 아닌가 싶다.

해마다 이맘 때면 더욱 밀려오는 그리움. 올해도 여지없이 뼛속까지 파고드는 할아버지의 체온을 아직도 털지 못하는 이 질긴 그리움을 무엇으로 치유해야 하나요? 그리운 나의 할아버지!

사모곡

뻐꾹새와 휘파람새들이 코러스를 이루는 봄날, 영원한 침묵에 잠든 어머니를 그리며 회상의 나래를 펴본다.

어머니! 내 아주 어렸을 적 어느 봄날, 어머니께서 산나물 하러 가셨다가 시골 생활이 서투르셨던 산행길에 미끄러지면서 나뭇가지에 팔이 걸려 탈골을 당하신 적 있었지요. 마침 할아버지의 능란하신 응급 처치로 바로 잡긴 했지만 어깨띠 두른 한 팔로 진통을 참으시며 시부모님과 자식들의 저녁밥을 서두르시던 창백한 얼굴 모습이 지금도 가슴에 남아 저려옵니다. 제 작은 가슴에 아픔이 처음 싹트던 날이. 어머니! 제가 초등학생이던 여름날, 하루는 도시락을 뿌리치고 등교했었지요. 태양도 이지러질 듯한 긴 여름날의 하굣길은 무척이나 힘겨웠습니다. 손재주가 남다르셨던 어머니가 재봉틀로 손수 지어주신 예쁜 주름치마를 입고 굽이진 신작로 길을 타래걸음으로 더위와 허기에 지쳐 걷고 있을 때 아! 먼 산모롱이 길로 마주쳐 접어드시던 하얀 모시적삼의 어머니. 들고 오신 주먹밥 두 뭉치를 건네며 안쓰러운 위로를 아끼지 않던 숭고한 충성을 어이 잊을 수 있을까요. 나는 지금도 김으로 둘둘 말아 만든 그 주먹밥을 분신처럼 사랑하며 삽니다.

어머니! 어느 해 감이 익을 무렵에 어머니께서 불현듯 외갓집엘 다니러 가셨지요. 그날 텅 빈 집으로 돌아오는 하굣길은 하늘이 너무도 푸르렀어요. 머리 위에서 위잉! 하고 비행기가 어머니 계신 외갓집 산 너머로 하얀 선을 그으며 날아가는데 어머니가 만들어 주신 책가방을 들고 그쪽을 향해 마구 달려갔답니다. 그 산을 넘으면 어머니를 만날 수 있을 것 같아서요. 한참을 길게 위잉! 하는 소리가 남기는 여운이 왜 그리도 애잔하던지요.

그날 그리움을 배웠지요. 어느 새 중학생이 되었을 때 집안의 남다른 교육열로 도시로 유학을 떠난 난, 늘 집이 그리웠지요. 하루는 일요일 날 집에 왔다가 선뜻 가려 들지 않는 내 마음을 헤아린 어머니는 하룻밤을 더 재우고는 새벽 등굣길을 택하셨어요. 정거장까지는 족히 한 시간 반은 걸어야 하는 칠흑 같은 새벽에 등불 밝혀 들고 첫차로 배웅해 주셨던 어머니. 그 새벽에 당신은 호랑이 불을 보시고도 행여 내가 놀랄까 봐 말도 못 한 채 끊임없는 이야기를 엮으시며 동트기만을 기다리셨던 내 어머니. 그 무서움이 자식보다 덜 하였기에 숨죽이며 참으셨던 그 안배로 젖어 오늘 제가 고뇌를 혼자 삭이며 살 줄 아는 지혜에 눈을 뜰 수 있었나 봅니다. 그리고 당신께서 열어주신 그날 아침 동해에서 불끈 솟아오르던 일출의 장관은 우주의 신비를 처음 느끼게 해 주었습니다. 여름방학이면 감자전이 먹고 싶다는 철없는 딸을 위해 화로에 불을 지피고 무쇠 솥뚜껑을 달구느라 그 더운 염천에 비 오듯 땀 흘리며 부쳐주시던 사랑을 맛있게 먹는 모습 보며 미소로 배부르시던 당신이셨지요. 유난히 각별하신 당신 사랑은 당연히 그래야만 되는 줄 알았고 다른 어머니들도 모두 그런 줄 알았다가 어느 날 친구 집에 갔을 때 친구에게 함부로 대하는 그 어머니를 본 후 난 솔바람 같은 내 어머니가 얼마나 자랑스러웠던지요.

　말이 많지 않으셨던 어머니는 절제와 알뜰함을 행동으로 보여 주시며 "낭비하지 마라! 마구 버리지 마라!" 하셨지요. 설거지하면서 오늘도 저는 흔해 터진 음식물 하나에도 어머니 말씀 새기면서, 또 즐겨 부르시던 "울어라 열풍아!"를 가늘게 불러보며 그리움 달랩니다. 외부 일로 업을 쌓던 아버지와 제 갈 길만 바빴던 자식들로 가슴속 한편이 늘 비어 있었을 어머니! 제가 철이 조금 들어 어머니를 헤아릴 줄 알았을 때 당신께서는 유교사상이 골수에 밴 층층시하에서도 놀랍게 수고와 충격을 견디어내는 믿음을 키우셨지요. 종탑에서 차임벨 소리가 울려오는 새벽녘이면 어김없이 잠자리를 비우시며 맑고 높게 사는 법을 가르치려고 드린 기도 때문인가요. 어머니를 청승맞다고 질타하던 저로 하여금 두 손 모으고 이마에 인호를 긋던 날 "아무 데면 어떠냐! 하느님은 하나이시다."하시며 소통과 아량의 미덕을 가르치셨어요. 남보다 넉넉하고 축복받은 환경 속에서도 불평불만으로 찬바람 일으키던 맏딸이 시집가던 날 어머니는 애잔해서 목 놓아 우셨는데 나는 내 부모 형제 때문에 눈물 흘린 게 아니라 너무도 다른 시집 환경에 서러워서 울었답니다.

　제법 오랜 기다림 끝에 첫 외손자 보시던 날은 세상을 다 얻은 듯 동네방네 자랑하셨던 그 모습, 아마 제 생에 유일하게 어머니께 드린 귀한 선물이 된 것 같군요. 그러다가 삼대독자 외아들의 친손자를 보시자 아예 기르셨지요. 위로는 시부모를 모시고 남편과 아들딸 며느리와 사대가 모여 사는 구심점 노릇을 하셨던 어머니는 늘 힘이 부치면서도 자손 사랑의 끈을 놓지 않으셨지요. 그렇게 고단하신 어머니를 바라만 보며 살다가 딸네 집에 모처럼 오신 어머니께 외손자를 맡기고 출타했던 그 여름날은 비가 억수같이 쏟아졌고 천둥 번개가 천지를 진동했던 바로 그 날 저녁, 태산 같던 나의 어머니는 다섯 살 외손자 곁에서 심장마비로 다시는 돌아올 수 없는 먼 길을 떠났습니다. 어머니의 죽음을 도저히 인정할 수 없었고 한은 골수로 파고들기 시작했습니다.

어버이날 모처럼 한 벌 해드린 매화꽃 무늬 한복을 겨우 한물 입으신 후 옷장에 곱게 접어 두시고 떠난 내 어머니. 내 육신을 낳아주신 인고의 어머니에게 용서받지 못할 불효와 불충으로 넋을 잃고 고향 하늘가에 맴도는 당신을 찾아 어머니 방에서 부어오른 눈을 뜨지 못하고 비몽사몽 간에 다시 살아나셨다고 해 깨어보면 현실이 반복되기를 하다가 장례식 후 사흘 되던 날 새벽, 어머니는 너무도 명료하게 젖은 목소리로 문밖에서 내 이름을 세 번 부르시더군요. 순간적으로 두려움과 반가움에 문을 열고 나갔지만 어머니의 모습은 찾을 길 없었지요. 그 새벽 영의 현존을 확인하는 체험까지 주시며 저 세상에서도 편히 잠들지 못하시고 애지중지 챙기시는 가없는 당신 사랑을 이제 나, 어찌해야 하나요? 어머니 가신 후 길거리에서 우연히 꼭 어머니를 닮은 여인을 한없이 따라가다가 어머니가 아닌 것을 확인하고 절망했던 저의 모습을 지금도 기억합니다.

어머니! 한 여름날 빳빳하게 풀 세워 손수 지으신 갈색 모시치마에 흰 모시저고리를 입으시고 머리도 단정하게 외출하시던 어머니의 모습은 너무도 단아하고 아름다우셨죠. 난 왜 그때 어머니께 아름답다, 사랑한다, 고맙다는 말 한마디 못해 드렸을까요? 그 말 한마디 들으셨더라면 더 사셨을 것 같은 이 사무치는 회한. 신은 모든 곳에 있을 수 없어 엄마를 만들었다고 합니다. 내가 죽어서도 어머니는 나의 수호신이며 부르는 것만으로도 가슴 메는 이름입니다. 인내로 고통을 안으로만 삭이시고 당신은 아랑곳없이 자식들만 잘되기를 청원하며 사셨던 인고의 어머니! 가슴 메이고 눈물이 흘러 주체할 길 없어 정원 나무 밑에 숨어 앉아 목 놓아 한바탕 울고 나야 마음을 진정할 수 있었으며 지금도 어머니만 생각하면 고해소에 앉아 있는 죄인이 되고 맙니다.

늦게 깨닫고 효도하려 하니 부모님은 세상에 계시지 않더라는 진리가 골수를 때리는 오늘, 내 유년에 푸른 하늘을 가르며 어머니를 찾아 산 너머로 날아가던 그 비행기가 소리 없이 하얀 수직선을 그으며 사라집니다. 대자연은 어김없이 잎이 피고 꽃을 피워 새 생명을 노래하는데 다시 돌아올 길 없는 내 어머니! 살아 계실 때 고단했던 삶 다 접으시고 이제 영원한 안식과 평화를 누리소서!

사랑합니다! 그리고 보고 싶습니다. 나의 어머니!

빨간 자전거

　새내기 대학생이 되어 각처에서 모여온 친구들과 조우가 시작되던 등굣길은 나무다리도 건너고 아카시아꽃 숲길도 있고 과수원도 있는 청송숲이었다. 동료인지 선배인지 분간 못 할 즈음 유난히 시선을 끄는 사람이 있었다.

　흰 폴라티에 약간 곱슬머리에다 얼굴은 배우 신성일보다 약간 더 여성스럽게 생긴 신영일을 닮은 남학생은 빨간 자전거를 타고 등교했는데 우리 앞에서 땜 위로 곡예를 하기도 하고 호탕한 기질의 인사를 보내기도 하며 카리스마를 날렸다. 선배들 얘기로는 돈키호테형으로 나보다 한해 선배이고 장학생이라 했다. 빨간 자전거는 장학금으로 샀단다. 비록 대학은 집 가까운 지방에서 다닐망정 나름대로 쌓아온 내공 프라이드는 높았기에 그저 그런 사람도 있구나, 정도로 관심도 없었다. 동아리 청탁도 오고 여러 가지로 인적 네트워크가 짜여 지며 주관은 있었지만 모나게 사는 형이 아닌 나인지라 다소 난처한 청탁에도 냉정하지 못하고 좋은 게 좋다는 방향으로 흘러갔다. 미처 학교와 친구들과 교과목을 파악하기도 전에 이 빨간 자전거의 주인공은 내 주위를 맴돌기 시작했다. 다른 남학생들은 감히 가까이서 말도 섞어볼 엄두를 못 냈던 시기였다.

벚꽃이 만발한 봄날, 프로포즈를 해왔다. 이성에 관한 이상형이 정립되기도 전이고 또 그 이상형은 다른 곳에 숨어 있었기에 청을 받아들일 수 없었다. 그날 밤 빨간 자전거는 소설처럼 영화처럼 목숨으로 내게 도전해 왔다. 새벽에 응급실로 실려 갔다. 본의 아니게 맞닥뜨린 돌발사건에 도리와 인정 앞에 선택의 폭은 예민했다.

그리고는 연민의 정이 앞섰다. 내가 뭐라고 남의 귀한 자식 목숨까지 앗아갈 수 있으랴 싶었고 한 생명 앞에 초연할 위인은 못 되었다. 세상물정 모르는 하얀 백지 같았던 순수함은 "그래, 인생을 만들어 보자!" 돈과 명예보다 목숨까지 내놓을 사랑과 집착이라면….

멜로드라마의 주인공들로 인해 캠퍼스는 들썩거렸다. 그때까지는 그 사람의 인성, 가정환경, 가족관계도 자세히 몰랐고 경제적 능력 같은 것을 알아본다는 것은 사치였다. 학구열 하나만은 든든했기에 그로부터 미래 청사진을 짜고 첫 계단을 오르기 시작했다. 아들의 미래는 관심 없고 그저 어느 회사 촉탁이라도 들어가 용돈 벌어 주기만을 기다리던 청상의 그의 어머니를 제쳐두고 서울 일류 대학원에 진학 하도록 뒷바라지를 했다. 바로 든든한 직장에 합격하고 그다음 해 결혼식을 올렸다. 장장 7년 동안은 연애 아닌 결혼준비 기간이었다. 보호 속에서 자랐고 늘 생각이 한 발짝 늦은 나의 뇌파는 정작 자신은 중등교사 자격증을 소지하고도 자신의 직장생활은 접은 채 오직 남편의 직장만 해결되면 고생 끝 행복 찬란인 줄 알았다. 그 시대의 흐름이 부부는 쉬 갈라져 생활할 수 없다는 고정관념이 뇌리에 세뇌되다시피 했던 시절이기도 하다. 오직 사람 하나만 보고 뛰어든 인생은 그리 녹록하지 않았다. 빨간 자전거 역시 청상의 어머니와 목숨으로 얻은 사랑 앞에서 편할 리 없었다. 우선 가정환경부터가 이질적이었다. 가족 구심점의 위계질서가 할아버지, 아버지, 아들의 순서가 아니라 시댁은 홀로 되었다는 이유만으로 위아래가 다 시어머니를 중심으로 위계질서가 움직이는 상황이 이해와 용납이 어려웠다. 옳고 그르다는 조언자가 없는 시어머니의 독선과 자식들과 주변 사람들의 맹종이 이채로웠다. 제 의사를 타진하며 자유로운 영혼으로 살아오다 전연 다른 환경을 생각해 본 일 없이 덜컥 이 집 사람이 되었으니 이해할 수 없었고 신기했다. 콩 꺼풀 속에 살던 두 사람은 서서히 본성과 인성이 드러나기 시작했고 갈등과 후회와 회한이 깊어졌지만 친정집 가문에서 쌓아온 기본질서는 나를 삭이고 제어하기에 충분했고 모든 것을 내려놓았을 때 신은 내 편이 되어 주었다.

　태생적인 성격이나 전연 다른 환경 속에서 자라고 살아온 두 사람의 이질적 관계는 서로 다름을 인정하고 이해하는데 시간이 많이 걸렸다. 머리로는 되는데 행동으로는 빨리 적응하지 못하였다. 아버지의 부재 때문이었음인지 빨간 자전거는 아버지와 남편이라는 본분과 역할을 스스로 감지할 줄 몰랐고 오직 시키지 않아도 잘 해 내는 일은 홀어머니에 관한 일뿐이었다. 때로는 불같은 성질 때문에 본인이 본인의 가슴을 칠 때도 있었는데 뒤 끝없는 성격은 약도 되었지만 반복되는 독도 되었다. 우유부단함과 지각없는 행동으로 마찰도 많이 빚었다. 그러나 타고난 선함과 넘치는 인정은 그 모든 것을 다 덮을 수 있는 요술이었다. 불만스러웠던 것들이 본성이 아니라 모름과 서투름이었음을 나중에 알게 되었다. 직장에서는 예리한 통찰력과 늘 탐구하며 단호한 일 처리 감각으로 촉망받았고 때로는 너무 솔직해서 피해를 보기도 했다. 그 정도의 창의와 스펙에서 감정 조절 능력만 가미되었다면 중앙에서의 역할이 컸을 것이다.

30여 년의 공직생활을 마치고 정년퇴임식 날엔 홀을 가득 메운 하객들 앞에서 겨울연가의 주인공들보다 더한 사랑을 했노라고 고백했다. 그동안 살아온 모든 것에 감사하던 빨간 자전거는 평생에 맞선 한 번 못 보고 한눈팔지 않고 무던히 살아온 아내의 올곧음을 인정했다. 굳건한 믿음은 아니지만 차분한 신앙생활로 보조를 맞추며 자신에겐 제어가 있을망정 내겐 늘 자유롭게 했고 좋은 걸 먹이려 하고 보게 하고 취하게 하고 좋아하는 일이라면 두 발 벗고 밀어주는 예스 맨 빨간 자전거!

고희를 넘기고 눈썹에 서리 내리는 요즘도 가족을 위해 쉼 없이 공부하며 정진하는 빨간 자전거의 활력 넘치는 모습을 보면서 거역할 수 없는 신이 맺어준 인연이라 기꺼운 감사를 드린다. 이 순간까지 건강하게 힘찬 음성으로 내 곁을 지켜주고 허풍으로라도 용기를 주고 건재함에 무엇을 더 바라랴. 요즘도 빨간 자전거의 노래는 "내 꿈과 소망은 당신과 아이들 행복하고 즐겁고 충족하게 살아갈 수 있게 만들어 주는 것이야!" 이다.

자전거를 좋아하는 그는 지금도 제법 값나가는 외발자전거와 두발자전거를 자주 타지도 않으면서 집안에 모셔 두고 산다. 싸울 시간도 아까울 시점이다. 여명에서 박명으로 엮어진 삶이 아슬하고 아득했지만 태어남과 만남을 감사하는 오늘이다.

머리 흔들만큼 맺힌 한이 없다는 것은 모든 것에 순응하며 긍정으로 살아간다는 의미일 것이다.

짝사랑

아들에게~
아침 햇살 하늘과 바다에 영롱한 빛 비칠 때
무량한 은총 입고 너는 그렇게 태어났다.
이 세상에 태어나 존재하는 것만으로도 기꺼울 너,
초롱한 눈망울을 언제나 맑고 곱게 지켜주시기를
네 머리에 손을 얹고 빌었단다.
눈 맞춤하는 순간으로 삶의 의미를 확인하는 어미 품에서
아들아! 너는 그렇게 영글어 컸단다.

어느 날, 네 머리에 창조의 싹이 돋았을 때
차마 세상에 섞고 싶지 않았단다.
대문에서 손 흔드는 네 모습 사라지기도 전에
보고픔에 일손 놓는 여린 모정을 아들아!
너는 헤아릴 수 있겠니.
무지갯빛 유혹과 들끓는 경쟁 속에서

네게 걸었던 과욕이 널 힘겹게 했던 시간
애처롭게 기진한 어깨, 안스러운 너의 모습에
뉘우침으로 뜨거운 눈물과 기도로 아픈 가슴을 잠재운다.

허지만, 사랑하는 아들아!
인내와 고통이 삶의 부분이고 보면
아픔의 크기만큼 기쁨으로 성숙한단다.
그리하여 네 힘으로 혼자 설 수 있을 때
진하고 값진 은총 아니겠니.

탐나도록 훌쩍 커버린 나의 아들아!
너를 내오신 창조주를 기리고 가슴엔 사랑의 강물 흐르게 살아라.
가장 낮은 자리를 택하는 강물처럼 겸손하게 네 몫에 충실하여라.
바른 가치관과 정확한 판단으로 작은 것에 감사할 줄 알며
패기와 웃음을 잃지 말아다오.

내 생의 지렛대인 자랑스런 나의 아들아!
지혜와 총명의 물꼬를 트고 모든 것에 최선을 다한 그 날
만약 그 날에도 네가 못 이룬 꿈에 서러워진다면
목숨으로 뜨겁게 감싸 안을 어미 품 있음을 기억하여라!

　　우리 집 거실 벽 한 면에는 삼십 년 전에 대형액자에 써넣은 장문의
짝사랑 고백서인 시 한 편이 걸려 있다. 아들이 수원 S중학생일 때 학
교에서 교지에 싣는다고 청탁해 써주었던 글인데 그 후 같은 또래 학
부모들은 하루를 끝내고 잠자리에 드는 아들에게 이 글을 낭송해 주

며 사랑을 고백했다고 했다.

그렇게 집착할 수밖에 없었다. 종손 2대 독자 외동아들인 그 아이를 낳고 딱 한 번 시어머니한테 생일을 얻어먹어 봤으니 말이다. 친정아버지는 첫 외손자 상봉할 때 목욕재개하시고 몸을 덥힌 후 아이를 안으셨다. 신이 맡긴 엄마라는 소임에 최선을 다하며 짝사랑하던 내게 아들은 햇살 같은 손녀딸을 안겨주고 빠져나갔다. 남자 둘만 거두며 지낸 세월에 처음 며느리를 소개시켰을 때 너무도 생경스럽고 신기했던 순간이 있었는데 천사 같은 손녀딸은 신기하다 못해 신비했다. 울음소리, 고사리손, 웃음소리. 잠만 깨면 늘 입을 열어 웃는 아기였다. 내 짝사랑했던 아들은 희미한 옛사랑으로 물러나고 새로운 짝사랑이 시작되었다.

여자아이라 영특했다. 제 아빠와 붕어빵인 손녀는 아빠의 어릴적 사진을 할아버지와 함께 앨범에서 보다가 왜 내 사진이 여기에 있느냐고 물었다. 하루하루 자라나는 손녀는 두 돌이 되던 날은 나와 생일이 겹치기도 했다.

한여름 삼복더위였다. 그날은 조가비 손으로 감자를 캐며 "아! 감자! 아! 감자!"하기도 했다. 걸음마를 하고 인지능력이 시작할 때쯤엔 식탁에 수저 놓는 소리가 나면 놀이에 취해 있다가도 바로 식탁 의자에 자리하고 대기를 했다. 식탁이나 바닥에 떨어진 물은 행주로 싹싹 닦아치운다. 어느 날엔 택배가 왔는데 제 엄마가 끈을 풀어 바닥에 놓고 상자를 열어 물건을 꺼낸 후 방치해 둔 빈 상자에 끈을 담아 세 살박이 고사리 손으로 야무지게 접어놓는 모습에 탄복을 했다. 이건 DNA의 작용이다. 할머니 아프다는 소식을 듣고 전화로 "할머니! 아~

하!"하고 소리 내 보세요! 그러면 나아요!"한다. 고사리 같은 한 손은 제 엄마 어깨에, 한쪽은 내 어깨에 얹어 감싸 안고 해맑은 웃음으로 "아이 행복해!"하는 세 살배기~ 어린이집에 다닐 때는 멀리 떨어져 살았다.

할머니인 내게 소원이 있다고 했다. 무엇이냐고 물으니 할머니가 저의 집에 와 두 밤만 자고 가는 거란다. 약속, 일 다 접고 갔다. 마침 아파트에 도착하니 집이 비었다. 감기로 가까이 있는 외할아버지 외할머니도 함께 소아과병원에서 오는 중이었다. 쌀랑한 늦가을이다. 정문에서 기다리던 난 얼른 주차하고 오라며 서 있었다. 주차장에서 외조부모 손을 잡고 울면서 나온다. 깜짝 놀라 물으니 할머니를 정문에서 안 태우고 왔다고 운단다. 얼른 받아 안은 내 품에서 그 작은 손으로 내 얼굴을 감싸 쥐고 눈물을 뚝뚝 떨구며 "할머니! 안 추워? 할머니! 안 추워?"하며 얼굴을 비빈다. 세상에 태어나 이처럼 감동적인 사랑, 원초적인 사랑 받아보기 처음이다. 콧마루가 시큰하여 "시연아! 할머니 안 추워!"하며 등을 토닥여 주니 그제야 눈물을 훔치고 신이 나서 나비 같은 신발을 신은 발로 사뿐사뿐 제집으로 안내한다. 강물 같은 인정미, 핏줄이다. 초등학교 들어갈 때쯤엔 살짝살짝 할머니에게 비밀의 눈짓과 정도 애틋하게 건넬 줄 알던 영특한 아이다. 할아버지와 셋이 미천골 불바라기 약수터로 산책했을 때 나뭇가지로 막대기를 만들어 들고 콧노래를 부르며 자연을 만끽할 줄 알던 모습은 영락없는 내 모습이다. 계곡 물 속을 눈으로 누비며 바위에 앉아 "하느님은 계셔! 하느님은 꼭 계셔!" 정말도 아니고 "꼭!"이란다.

본명이 크리스티나인 내 손녀딸 아기. 상상하지 못했던 손녀딸의 엄청난 독백이 놀랍기만 했다. 저 어린아이의 입에서 저 귀하고 고운 말을 할 수 있게 만드신 신이 경이롭고 보물을 만들어 준 아들 내외가 고마웠다. 특별한 날이면 늘 책을 선물했다. 어느 날 아니다 싶어 의사를 타진해 보니 "책 말고 다 괜찮아요!" 한다. 의외의 주문에 박장대소하며 아들 내외는 "공부는 기대하기 틀렸네!" 한다. 순간 아들 내외가 아이에 대한 헛된 집착을 걷어 내는 현명함을 보는 듯해 마음이 놓였다.

이래도 저래도 예쁘기만 한 내 새끼들! 요즘 어디 책 보고 공부하랴 시대에 뒤떨어진 선물을 하고 있었으니 얼마나 재미없었을까. 어느새 중학생이다. 그저 하늘을 알고 몸과 맘 건강하고 야무지고 반듯하고 인정 넘치는 품성으로 제가 원하는 일을 해서 인생을 즐기고 행복하게 살면 된다. 비 흩뿌릴 땐 그래서 좋고 구름 끼면 또 그대로 안락하고 포근함이 좋고 햇볕 들면 모래알 하나까지 생생하고 또렷해 보일 테니 좋다. 산다는 것은 결국 잇는 것이다. 내가 떠나도 내 아이들이 세상을 또 그렇게 마저 살아간다. 짝사랑은 대대로 이어질 테니 참 고귀하고 아름다운 생이다.

예수, 내 동생 「십자가의 길」

• 시작하며

"우리는 온갖 환난을 겪어도 억눌리지 않고, 난관에 부딪혀도 절망하지 않으며, 박해를 받아도 버림받지 않고, 맞아 쓰러져도 멸망하지 않습니다. 우리는 언제나 예수님의 죽음을 몸에 짊어지고 다닙니다. 우리 몸에서 예수님의 생명도 드러나게 하려는 것입니다. 우리는 살아 있으면서도 늘 예수님 때문에 죽음에 넘겨집니다. 우리의 죽을 육신에서 예수님의 생명도 드러나게 하려는 것입니다. 그리하여 우리에게서는 죽음이 약동하고 여러분에게서는 생명이 약동합니다."(코린토4.8-12)

숨이 떨어지는 순간까지도 오직 예수를 놓지 않았던 내 동생을 나는 감히 예수 내 동생이라고 자신 있게 말하고 싶다. 막내라서 그랬는지 유독 그 아이에게 사랑이 깊었다. 나이 차이가 좀 있는 영향 같다. 예쁜 장갑을 짜서 끼워주곤 하면 말수가 적고 조용한 편인 아이는 표정으로 기쁜 모습을 보이곤 했다.

내가 중학생이고 그 아이가 초등학교에 갓 입학했던 여름방학이었다. 아버지는 내게 미션을 주셨다. 정동진에서 사업하시는 친구분 댁에 가 빚돈을 받아보는 일이다. 막내 동생을 데리고 길을 떠났다. 아버지의 글 쪽지를 들고 기차를 타고 갔다. 어린 동생은 발꿈치가 부딪치도록 밀착하며 나를 따랐다. 더욱 애틋한 거의 모성애로 동생을 챙기며 어른들의 세상살이를 체크해 보는 기회가 되었다.

찾아가니 당사자는 부재중이고 부인에게 전갈을 드리니 속수무책이다. 뒤끝이 깨끗지 못하기로 유명한 사람으로 오죽해 개학하면 등록금을 준비해야 된다는 구실로 어린 나를 보내보셨을까. 정동진 기차역 바닷가에서 찌는 더위 속에 허한 몸과 마음을 둘이 손잡고 추스르며 동행했던 그 날을 나는 잊지 못한다. 그리고는 이내 짠한 마음이 저려 온다. 순진무구했던 우리 가슴은 상심도 컸을 테니까.

예수 내 여동생은 모습도 나보다 든든했고 하는 행동도 어른스러웠다. 내가 오히려 동생에게 기대어 살았다. 세상 안목도 인생을 헤쳐 내는 혜안도, 또 능력도 있었다. 모든 것을 믿고 맡길 수 있었던 유일한 사람이었다.

보건대학을 나와 대학병원에서 물리치료 실장으로 자리하고 생활전선에서 당당했다. 맞선을 준비하던 어머니가 갑자기 돌아가신 지 삼 년 후 지인 소개로 한 살 위인 남편을 만났다. 사람은 건실하고 지식, 학식, 건강은 있는데 수완과 통찰력이 없는 사람이었다. 열심히 무엇인가를 하려고 하는데 도무지 성과를 내지 못하는 사람.

늦게 귀하게 얻은 동생 아들이 초등학교 입학할 때였다. 그 남편은 요트 국가대표 코치이기도 했는데 송충이가 솔잎을 떠나 사업을 벌이다가 급기야는 신용불량자 신세가 되었다. 이혼절차를 밟았더라면 동생은 살아날 수 있었는데 정도를 벗어난 행위는 스스로 용납을 못 하는 완고함에다 자신이 선택한 삶에 책임지려 했다. 아이의 인적사항에 티를 남기기 싫었기 때문이다. 그 철밥통 같은 직장까지 못 다니게 되었다. 손수 장만한 아파트도 다 넘어갔다.

제1처 : 예수께서 사형선고 받으시다.

호구지책으로 남편을 신학대학으로 보냈다. 집도 다 넘어가고 살림살이는 시어머니 집에 넣어두고 샘밭에서 같이 살았다. 어디에 하소연할 곳도 없고 직장도 그만두고. 더군다나 누구보다 반듯하고 자신감 있게 살아가던 삶의 출구가 막혀버렸으니 그 속이 오죽했으랴. 언니인 나도 능력을 초월하는 한계적 상황에서는 도리가 없었다.

제2처 : 예수께서 십자가를 지시다.

신앙으로 더욱 다져진 내 동생 예수는 그 힘든 십자가를 지고도 내색 없이 잘 견디며 남편 뒷바라지를 했다. 떨어져 살다 동생이 사는 춘천에 이사 온 지 한두 해 밖에 안 된 시기였다. 마침 가까이 온 언니와 비비적대며 기도하며 흐트러지지 않고 신앙으로 버티고 살아갔다. 늘 멀리 떨어져 그리며 살다가 막 함께 살아보려는 중에 신은 질투를 하듯 평탄한 자매의 화평한 길을 허락하지 않으셨다.

제3처 : 예수께서 첫 번째 넘어지시다.

환경이 그렇다 보니 이 세상에 단 하나밖에 없는 외동아들이 학교도 이동케 되고 공부에 집중하고 밝은 생활을 할 수 없었으니 그것을 보는 어미 마음은 얼마나 아팠을까를 생각하면 지금도 가슴이 미어진다. 쫓기던 아빠와 자주 만나지도 못하고 자유롭지 못한 처지라 그 어린 것이 제 아빠와 전화통화라도 할 때면 마음 아파할까 봐 일부러 더 밝은 목소리와 너털웃음으로 애비를 위로하던 치사랑이 놀랍고 대견하고 가슴 아팠다.

제4처 : 예수님께서 성모님과 만나다.

십자가 고난 속에서도 동생의 기도와 버팀목으로 제부는 신학박사 학위를 받고 목사 안수를 받았다. 내 동생 예수는 결혼 전에 나의 권면으로 성당에서 영세를 받았다. 체칠리아라는 본명을 가졌지만 배우자의 집안도 친정 식구들도 모두 개신교 신자들인지라 본명으로는 살지 못했지만 신앙의 깊이는 견고했다.

제5처 : 시몬이 예수를 도와 십자가를 지다.

예수의 십자가를 시몬이 도와주었듯이 인내와 기도의 축복으로 충주의 중심가에 교회를 맡아 목회가 시작되었고 그 스산했던 살림살이들이 이제 제 자리를 찾게 되었다. 이사를 하고 아들아이도 학교에 잘 적응하고 빵 굽는 목사와 사모와 충실한 목사의 아들로 주위의 사랑과 신뢰를 받으며 정착해 살게 되었다. 동생과 한곳에서 오순도순 살고 싶었지만 그것은 욕심일 수밖에 없었다. 이젠 평화롭게 자리를 잡나 싶었다. 그렇게 떠나고 못내 궁금하여 방문하였을 때 새벽에 들려오는 찬송가 소리와 제부의 강론 소리가 들려오는데 왜 그렇게 가슴이 짠하고 울컥 눈물이 솟았는지 지금도 모르고 지금도 짠하다. 마치 성모님께서 아드님 예수님의 험난한 길을 생각하고 흘렸던 그 눈물 같은 것.

예수 내 동생은 엄마 돌아가시고 나서 동생이 아니라 딸 같은 동생이었다. 잠깐 세상적인 잣대가 비집고 돋아나 세상 즐거움 다 버리고 명예도 버리고 오로지 하느님의 길을 살아가야 할, 고독하고 어려운 길목에 선 동생에 대한 연민의 정이 아니었나 싶다. 사실 어느 날, 그런 얘기를 꺼냈더니 옛날에 실컷 다 해본 일들이니 미련도 후회도 없노라고 단호하게 신앙으로 무장됨을 보여줬다.

제6처 : 베로니카 예수의 얼굴을 씻어드리다.

동생네가 충주에 정착했던 그다음 해에 난, 큰 교통사고를 당했다. 그것도 속초에서. 큰 수술이 끝나고도 며칠이 지날 동안 동생에게 알리지 않았다. 제일 충격 받을 사람은 그 아이였기 때문이다. 그때 그 동생을 얼마나 사랑하였는지를 깨달았다. 나을 때까지 알리고 싶지 않았는데 내 속을 헤아리지 못한 남편이 알려버렸다. 전직이 물리치료실장이었던 동생은 즉시 재활치료 처방으로 들어갔다. 마침 입원한 병원

물리치료 실장이 바로 친한 후배라 철저한 공조 속에 남보다 다른 치료와 정성으로 장애인이 되지 않고 완치될 수 있었다. 충주 먼 길에서 손수 운전하여 몇 번을 주기적으로 찾아와 보살폈다. 손을 내 몸에 한 번만 얹어도 나는 금방 편안해지고 진통이 없어지는 치유의 손을 가진 내 동생. 베로니카 성녀가 예수님 얼굴을 닦아드렸듯이 그 아이는 내게 베로니카 성녀였다.

제7처 : 예수께서 두 번째 넘어지시다.

잘 살던 그 아이들에게 사탄이 틈탔다. 동생의 시어머니 수양아들이 미국 LA에서 목사로 있는데 나이가 들어 후계목사로 오지 않겠느냐는 제의가 왔다. 아들 교육문제도 그렇고 해서 수락을 했다. 3개월 내에 비자를 발급해 줄 테니 집 정리를 하고 돈을 부치라고 했다. 시어머니 집에서 어려웠을 때 숙식을 제공받고 살뜰한 보살핌을 받은 사람이라니 의심의 여지 없이 바로 충주교회와 집을 정리해서 이삿짐 컨테이너박스에 모두 짐을 부치고 석 달 동안은 마침 내 집이 비어 있으니 거기에서 기거하기로 하고 비자 나올 때만 손꼽아 기다렸다. 가끔 한증막도 도와주며 아이 학교까지 휴학하고 미국에서의 삶의 청사진을 짜며 기다렸다. 특히 아이 교육문제 때문에 결단을 내렸고 또 넓은 세상 한 번뿐인 인생 다른 삶도 살아보자는 기회이자 희망 속에 준비를 차근차근 해 나갔다.

제8처 : 예수께서 예루살렘 여인들을 위로하시다.

더 나은 삶을 추구하기 위해 떠나는 이민 길이지만 동생을 멀리 보내고 견디어낼 일이 아득했다. 하루하루가 지날 때마다 힘든 무게로 눌러왔다. 그곳에서 살아갈 대책보다 더 나은 생활터전을 마련해주지 못하는 무능력으로 막을 길이 없었다. 힘들어하는 언니를 위해 10년만 아들 교육을 세우고 돌아오겠다며 나를 위로했다.

제9처 : 예수님께서 세 번째 넘어지시다.

눈물과 갈등 속에서도 떠나보내기 연습을 하며 지내기 석 달이 돼도 1년이 돼도 비자 발급 소식은 없었다. 1년이 거의 됐을 때 미국에서 초대한 그 목사 부부가 왔다. 지극히 대접하고 기다리라는 대로 생활은 계속되었다. 2년이 되어갈 무렵 제부를 다그치며 당사자 목사에게 직접 알아보려 하니 극구 말렸다. 행여나 다그치면 불리하고 불편할까봐 끝까지 믿고 의지하며 인내하고 있었다.

그동안 동생은 불안감과 떠돌이 생활로 피로와 근심이 쌓여 갔고 아들은 정착된 학교생활을 하지 못하여 자연스럽게 학습과 생활이 피폐해졌고 내 동생 예수는 점점 야위어 갔고, 가끔 금식기도원에서 며칠씩 기도로 몸과 마음을 추스르곤 했다.

제10처 : 예수께서 옷 벗기우다.

3년이 되던 날, 다른 통로를 통하여 비자를 내어 떠나게 되었다. 그들은 몸과 마음이 지칠 대로 지쳤고 에너지도 고갈되었다. 떠나고 보내는 우리 두 형제는 퉁퉁 부은 얼굴과 삭정이 같은 가슴과 별리의 아픔으로 눈물 때문에 서로 마주하고 안아주지도 못하고 인천공항에서 그렇게 헤어졌다. 온 세상이 비어 있는 내 마음과 눈에서는 눈물이 그칠 줄 몰랐다. 어떤 방법으로든지 내 곁에 붙들어 두지 못한 죄책감과 책임감에 회한이 내 살을 예리하게 도마질했다. 그렇게 떠난 아이들이 미국에 도착해보니 그 목사는 동생부부가 보낸 돈으로 제 필요한 곳에 써버리고 비자는 낼 생각도 않고 사기를 쳤다. 너무도 세상 물정 모르고 순진하고 바르게만 살아온 나와 동생네 기가 막혔다. 목사라는 직함으로 예수님의 옷을 벗겨 나누어 가지던 그 악당들의 탈을 쓰고 사기 쳐먹는 세상을 상상도 못했다. 이미 엎질러진 물, 그러나 지적재산이 있었던 내 동생 예수는 경력과 자격증으로 바로 병원에 입사했고 제부는 화물차 운전면허증을 따서 바로 직장을 얻었고 아들은 학교에 입학했다. 이젠 곧 자리 잡고 명실 공히 성공한 이민생활이 시작되겠구나 싶었다. 예수 내 동생은 가끔 병원에서 치료의 기적을 전해주곤 했다. 이곳에 있을 때도 그 아이가 손을 대면 몸이 편해지고 곧 치유되는 현상을 자주 체험 목격했다. 따뜻한 마음과 깊은 신앙심으로 기도의 치료과정이 합일을 이루어 엄청난 시너지 효과를 만들어 내고 있었다.

제11처 : 예수께서 십자가에 못 박히시다.

예수 내 동생은 몸도 튼튼했었다. 항상 약한 언니를 걱정했다. 저를 위해서는 어떤 관리도 없었다. 그러던 동생은 어느 날 직장도 그만두고 아이 뒷바라지를 한다고 했다. 뒤처진 아이의 교육을 위해 다 포기하나보다 했는데 말기 암 판정을 받은 것이다. 주위의 모든 친지는 다 알고 있었는데 나만 모르고 있었다. 온갖 정성과 기대를 다 모아 저의 행복을 진정으로 바라고 믿고 기다리는 사람임을 알고 있는 동생은 차마 알리고 싶지 않았던 게다. 경험해 봤지만 불행한 일은 가장 사랑하는 사람에게는 알리고 싶지 않은 것이 본능이다. 함께 고통을 공유하고 싶지 않은 것이다. 남편이나 자식에게 함구령을 내렸다. 만약 언니에게 알리면 그냥 바로 떠날 것이라고… L.A에서 수십 년 동안 이민생활을 하는 내 대학동창인 전 회장이 UCI 병원을 찾아갔더니 첫마디가 우리 언니한테 알리지 말아 달라는 부탁이었다. 이보다 더 가슴 아픈 사랑이 어디 있으랴! 기다리고 긴장하며 참아 온 세월은 시간마다 동생의 온몸의 세포를 갉아 먹고 있었다. 청천벽력 같은 소식을 접하고 그래도 믿지 못했다. 동생은 슈퍼맨이었다. "왜? 그 아이가! 그렇게 건강했던 그 아이가…" 미국으로 떠나기 전 나를 데리고 분야별 병원마다 함께 근무했던 대학병원 과장들이 개원한 곳을 찾아다니며 소개해주고 떠났던 동생이었다. 난 그때처럼 절박하게 하느님께 매달려본 적 없다. 눈물로 눈물로 내 죄를 용서 청하며 내 동생은 아직 안된다고… 얼마나 철저하게 하느님을 믿고 의지하고 행한 사람인데 할 일이 너무 많다고… 충격은 너무 컸다. 서울병원에다 네트워크를 마련해 한국으로 이송하려고 하니 너무 기울어져 움직이면 안 된단다. 천만리 이역 땅에서 누가 몸 바쳐 돌봐줄 이 없는 낯선 곳에서 그 충격과 외로움과 공포가 어찌하였을까를 생각하니 억장이 무너졌다.

제12처 : 예수께서 십자가 위에서 돌아가시다.

처참해 있는 내게 내 아들이 결정을 내려준다. 어서 미국으로 떠날 준비를 하라고… 한평생 한으로 남을 테니 가서 마지막으로 이모 보고 오라고… 용기를 내어 남편과 함께 떠났다. 비행기 속에서 울면서 왜 우리 형제는 이런 해후를 해야만 하고 이것을 지켜보는 하느님은 도대체 어떤 심보인가를? 정말 원망스러웠다. L.A공항엔 제부가 나왔다. 그 별같이 많은 사람의 행복한 만남 속에 세상에 태어나 처음 이 국땅에서 만나는 해후가 왜 이래야만 되는가? 병원에 들어서니 통곡밖에 나올 수 없었다. 예수 내 동생은 몰핀 약 기운으로만 그저 잠만 자고 있었다. 검사실로 실려 갔다. 미국인 남자 간호사 하나만 누워있는 동생의 침상을 밀고 나는 동생의 이불이 벗겨질까 봐 매달려가며 이불깃을 여며주었다. 병원 구조물은 크고 멀고 복잡해 어디로 끌려 가는지도 모르고 나는 동생 곁에만 붙어갔다. 이방의 그 간호사는 동양의 어떤 여인이 이렇게도 간절하게 환자의 몸을 감싸는지 그런 모습을 낯선 표정으로 또 애처로운 표정으로 바라보고 있었다. 예수 내 동생은 간간이 정신이 돌아올 때마다 그저 두 손을 위로 흔들며 기도하는 모습을 보였다. 나중에 보니 의외로 많은 지인들이 병원에 왔다. 모두가 덕담 한마디씩 하며 이제 막 능력을 발휘하려는 순간 스러져가는 동생이라고 안타까워했다. 직장을 다니며 신학대학원에도 입학을 한 상태였다. 이민 오고 처음 장만한 집을 찾아들어서니 주인 없는 주방에 도마와 쌍둥이 칼만 덩그러니 놓여 정신없이 하루하루를 이어갔을 모습을 대변해주고 있었다. 얼마나 무서웠고 얼마나 외로웠고 얼마나 억울했을까. 그 깊은 신앙심이라도 죽음 앞에 어찌 온전했으랴. 십자가 주님 생각으로 견디어 냈을까? 체념으로 달랬을까? 하느님은 무슨 계획으로 동생을 선택하셨을까? 더 때 묻지 않게 하심인가. 원망은 분노로 변했다.

제13처 : 예수님께서 성모님 품에 안기시다.

UCI병원에서 호스피스 병원으로 이동했다. 내 인생에 예수 내 동생의 인생에 어찌 이런 가혹한 현상이 벌어질 수 있을까? 동생은 그 고통의 잠 속에서도 찬송가 레시버를 귀에 꽂고 있었다. 짬짬이 약 기운이 떨어져 정신으로 돌아와 언니가, 꿈에도 그리던 언니가 제 곁에 온 줄 알고 "왜 이제 왔어!"하며 나를 끌어안았다. 알리지도 못하게 했던 그 가슴에 얼마나 그리움으로 구원의 손길이 간절했을까? 억장이 무너졌다. 그 아픔 속에서도 아들 창빈에게 이모 미국 구경시켜주라고 이르는 저 간절함.

나는 떠나와야 했기에 떠나던 날 마지막으로 그 아이의 온몸을 수건으로 적셔 닦아주고 손톱과 발톱을 깎아주었다. 머리끝에서 얼굴, 몸, 팔, 다리, 손, 발을 내 눈에 각인시키기 위해 빈틈없이 쓰다듬고 체취를 간직하기 위해 포옹하고 병원 문을 나선 지 열흘 만에 동생은 하늘나라로 떠나갔다. 시월에 아버지 가시고 성탄절을 사흘 앞세운 날 내 가슴에 선홍의 핏자국을 남기고 52세의 아까운 청춘으로 떠나갔다. 내 동생 예수는 내게 너무도 큰 둥지로 살아왔기에 세상은 막막했다. 어머니도 환갑 직전에 돌아가셨지만 이처럼 아리지는 않았다. 내리사랑이다.

제14처 : 예수 무덤에 묻히다.

예수님 십자가 고행처럼 겪으며 살다가 고향을 떠난 지 1년여 만에 미국 땅 어느 공원묘지에 묻힌 예수 내 여동생! 예수를 따라간 내 여동생 예수는 영원히 죽지 않고 분명 부활을 할 것이다.

"썩어 없어질 것으로 묻히지만 썩지 않는 것으로 되살아납니다. 비천한 것으로 묻히지만 영광스러운 것으로 되살아납니다. 약한 것으로 묻히지만 강한 것으로 되살아납니다. 물질적인 몸으로 묻히지만 영적인 몸으로 되살아납니다. (1코린토15.42-44)

• 마치며

나는 하늘을 살해하고 싶었다. 그 후 성당을 가지 않았다. 내가 그렇게도 간절히 찾던 하느님은 없었다. 그렇게 착하게 살고 하느님의 계명대로 반듯하게 살고 열심히 살았는데 손잡아주지 않은 하늘이 원망스러웠다. 배신이었다. 동생은 꿈속에서도 나를 돌보고 있었다. 내 몸이 지쳐 헤어나지 못하고 헤매는데 살며시 내 곁에 찾아와 나를 안아주고 주물러주며 "내가 죽지 않고 살아있다."고 해 벌떡 일어난 적이 있다. 동생은 꿈속에 자주 나타났다. 늘 들판에서 어딘가를 가지 못하고 서성이고 있고 나를 애잔하게 바라보기도 하곤 했다. 냉담하고 1년여 되던 날 밤 예수 내 동생은 내게 말했다. "제 갈 길을 언니가 놓아주지 못해서 갈 수가 없다"고… 신과 영혼의 현존을 체험하고 확인하는 순간이었다. 정신이 번쩍 났다. "그래! 그래! 이젠 너를 놓아줄게! 죽어서도 널 자유롭게 못 했구나!" 세상 잣대로만 살아온 난 신의 뜻을 헤아리기엔 너무나 멀었음을 읽었다. 아! 살아 있을 때 잘 하지! 주님! 제가 잘못했습니다! 나 이제 내 동생을 하느님 나라에 맡기나이다! 하오니 그 아이를 당신이 계신 천국으로 부르시어 영원한 안식과 평화를 누리게 하여 주소서! 그립고 보고 싶고 손잡고 싶고 목소리 듣고 싶은 사랑하는 예수 내 동생! 이제 마음 놓고 훨훨 날아 그토록 믿고 원하던 천국에서 근심걱정 다 버리고 편안하게 안식을 취하렴! 너의 모습과 체취가 내 가슴에 옹이가 되어 남아있는 한 너는 영원히 죽지 않았다. 마음에서 지워지지 않는 사람은 죽지 않고 영원히 사는 것이라고 했다. 이승과 저승이 다른 것은 보고 싶고 만지고 싶고 목소리 듣고 싶어도 그것을 할 수 있음과 없음의 차이이다. 형제 중에도 손아래 혈육을 잃어보지 않은 자는 그 상처의 깊이를 체감하지 못한다. 떠난 지 십이 년이 흘렀지만 잠시 잊었다가 도지는 아픔이 옅어질 기미가 없다. 지난 주말 그토록 목숨으로 아끼던 예수 내 동생 외아들이 예쁘고 반듯한 신부를 만나 결혼식을 올렸다. 아물지 않은 상처를 건드린 듯 아린 가슴과 눈물로 축하와 격려를 제 어미 대신 보내 주었다. 죽은 자는 말이 없지만 세상은 그대로 봄이 오면 꽃피고 지고, 가고, 또 오고 사계를 맞으며 내게 주어진 삶의 아귀를 맞추며 쉼 없이 살아간다. 그러나 금년에는 작년이 그립고·내년이면 금년이 그리울 것이다. 아련한 풍경은 언제나 지난해 오늘 속에만 있다. 눈앞의 오늘을 아름답게 살아야 지난해 오늘을 그립게 조명할 수 있다. 이젠 세월의 풍경 속에 자꾸 지난해 오늘만 돌아보다 정작 금년의 오늘을 놓치지 말아야 될 것이다.

모닝콘서트 MorningConcert

드물게 찾아온 상큼 한 아침이다. 음악을 전공한 S시인의 초청으로 시립합창단이 마련한 해설과 함께 하는 작은 음악회, 모닝콘서트 휴가다(休歌茶)가 열리는 문예회관 1층 로비. 문화예술계에 몸담아 있고 음악에 사랑과 관심을 가진 이들이 로비를 가득 메운 가운데 따끈한 커피와 빵이 나왔다. 상쾌한 이 아침의 공기와 한잔의 커피는 체질적으로 받지 않는 내 입에도 향긋한 향이 녹아내릴 때쯤 막이 오른 곡은 고전음악의 시작이기도 한 르네상스 합창음악의 시원이다.

첫 곡은 "Oriandus Lassus cin Pace in Idipsum"(시편 4:9절)

"주님! 당신만이 저를 평안히 살게 하시니 저는 평화로이 자리에 누워 잠이 듭니다."

세 명이 라틴어로 서막을 여는데 곡이 아주 단조롭다. 고전음악은 처음에는 아주 단조롭게 시작되다가 점점 파트가 첨가되면서 합창으로 변화된다. 마치 바티칸에서 수사신부님들의 성가곡이 날아와 잠깐 안부 인사로 나의 심령을 흔드는 듯하다. 아니 내가 베드로 성전에 머무는 듯 황홀했다.

두 번째 곡은 Tomas Luis de Victoria 의 "O Magnum Mysterium"

오. 위대한 신비여!
경이로운 성체여!
짐승들도 구유에 누워계신 주님의 탄생을
지켜보는 도다.
오! 축복받은 동정녀여!
당신의 몸은 주 예수 그리스도를 잉태할 만하도다.
알렐루야!

라고 노래한다. 남녀 네 파트로 첫 곡보다는 약간 다성의 소리가 느껴진다.

세 번째는 바로크 음악의 창시자인 이탈리아의 작곡가이며 궁정음악가로 1613년에 베네치아의 산마르코 대성당의 악장이 된 후 성직에 들어갔던 작곡가 Monteverdi's의 〈Quel Augellin Che Canta〉이다. (Claudio)

"사랑스런 작은 새가 노래하네!
자유로운 날갯짓을 하며-
전나무로부터 너도밤나무로 날아가네!
이제는 너도밤나무에서 도금양(백일홍)으로 날아가네!
만약에 작은 새가 인간의 영혼을 가지고 있다면
나는 사랑에 빠졌어요!
나는 사랑에 빠졌어요! 라고 말했을 거예요
그 마음은 사랑으로 가득 찼고
나 또한 당신을 사랑합니다! 라고 대답하는 짝을 찾겠지요!
복스럽고 사랑스럽고 예쁜 작은 새!"

다섯 명이 다섯 파트로 노래하는 곡은 화음이 점점 더 경쾌하고 감미로워진다. 다섯 명 중 여성 파트 한 분이 검은 드레스 속으로 불거져 나온 엄마 뱃속의 아가도 함께 노래한다.

"복스럽고 아름답고 예쁜 작은 새"라고 ~

음악에서 대위법적인 작곡기법과 언어를 음악의 주인으로 규정짓는 언어 중심의 음악이 있는데 성음악은 가사 위주로, 마치 하늘로 가는 기분을 토대로 구조적 완벽함보다는 감정의 표현을 중요시한 음악이다. 작곡가 G.P.da Palestrina로 본명은 지오반니 피에르 루이지이다. 이탈리아의 팔레스트리나에서 태어나 그곳 이름을 땄다.

르네상스 후기 시대는 가톨릭의 부패로 종교개혁이 일어났던 시기이다. 다성 음악은 세속적 요소가 많이 들어가 있어 불경스런 태도라 생각했고 음악이 아름답고 성스럽지 못하면서 복잡하다는 비판들이 나와 트렌트 공의회에서 다시 단선율로 교회음악을 만들라고 결정했다. 하지만 팔레스트리나는 이에 반한 6성부 미사곡을 작곡하였는데 다성 음악 양식이 결코 경건한 정신과 대립되는 것이 아니고 가사를 이해하는 데 방해가 될 수 없다는 것을 음악으로 보여준 작곡가이다. 그의 음악은 선율적이며 협화음 위주의 아름다운 음악이다.

「Tu es Petrus」 (신약성서 마태복음 18:18)
"내가 진실로 너희에게 말한다. 너희가 무엇이든지 땅에서 매면
하늘에서도 매일 것이고 너희가 무엇이든지 땅에서 풀면
하늘에서도 풀릴 것이다."

여섯 명이 4부로 부르는 성가는 단조로움을 벗어난 다성 음악으로 마음을 평안하게 아주 심도 있게 성경 속으로 이끌어갔다. 잠시 차 한 잔을 나누고 바로크 합창으로 들어갔다. 음악의 거장 헨델 곡으로 우선「Gloria No3 Laudamus te」은 "거룩하시다! 거룩하시다! 온 누리에 주 하느님!"이다.

어제 부활 미사에 성가대에서 불렀던 미사곡이다. 이어 열 명이 함께 부르는 Gloria Np7 Domine fili unigenite. "주님의 이름으로 오시는 분 찬미 받으소서!"

침잠했던 세포를 불러 내는듯한 경쾌함으로 몸을 움직이게 한다. "하느님의 아들 독생자 예수!" 점점 합창단원들의 수는 늘어나 열다섯 명이 부르는 "Jesus, Joy of Man's desiring"(예수. 내 영혼의 기쁨)은 합창의 진수를 보여주었고, 마지막으로 전 합창단원이 출연해서 부르는 "Oratorio Messian Halleiusan" 대영광송은 마지막 대미를 장식하는 데 모자람이 없었다. 합창은 역시 여럿이 내는 소리가 아름답고 신나는 어울림을 준다. 대영광송 "알렐루야!"가 힘차고 웅장하게 울려 퍼지는 문화예술회관 1층 로비엔 주님의 숨결이 가득하다.

시편의 고귀하고 아름다운 신을 찬미하는 시에 심오하고 웅숭깊은 작곡가들의 지성과 감성을 가미한 성 음악이 있고 이 모든 것을 소리로 표현해내는 합창단들이 있어 가끔은 무료한 일상과 신앙을 떠나 방황하는 자들을 제자리로 귀의시켜 다시 여미게 하는 이 아침 성 음악 미사의 이 오묘한 힘!

유난히 쾌청한 맑은 정오의 햇살이 부활하신 예수 그리스도의 형상으로 오버랩되어 투명한 유리창을 뚫고 들어서는 듯했다. 바로 하루 전에 부활절 전례를 행한 이튿날이었기 때문에 더욱 격한 감동으로 다가왔는지 모른다. 이처럼 감미롭고 아름다운 성 음악회에 명하여 나를 인도케 하신 주님의 뜻을 헤아려보며 찬미 영광 드리는 쨍한 한나절이 눈부시다.

그 여자와 쓸개 빠진 남자

그 여자는 참 이상하고 야릇하다. 올빼미 야행성을 지닌 그 여자는 오후가 되어야 기지개를 켜고 해가 넘어가야 기운이 돋아난다. 그때 서야 일이 손에 잡히고 생각도 마구 살아난다.

일을 한 번 잡으면 밤을 새워 끝내야 한다. 생각해 보니 이 세상에 태어날 때 자정에 그 여자의 증조할머니 제사를 깨고 태어났다니 아마도 생체리듬의 조화를 의심할 수밖에 없다. 모두가 잠든 한밤중을 즐기기까지 한다. 세상이 잠든 밤 창을 열고 창조주가 펼쳐놓은 아련한 자연의 소리와 교감을 나누노라면 오로지 자기만이 누리는 특혜를 안는 듯싶어 전율을 느끼기도 한다. 어느 날 자정이 넘어 지인에게 메시지를 날렸다. 날이 새면 보라고.

그런데 바로 답이 왔다. 어찌나 반갑던지 올빼미들은 한참 동안 어두운 밤하늘에 별 대신 칩을 쏘아댔다. 미국 동생에게 전화를 돌렸더니 식전 댓바람에 수화기를 든 동생이 무슨 급보인가 싶어 깜짝 놀란

해프닝도 연출했다. 그러니 늘 아침이 늦다. 눈뜨면 바로 신문을 펼쳐 들고 중앙지 하나, 지방지 하나를 귀퉁이에 집어넣은 광고면까지 정독하고 나면 오전이 다 간다. 여유를 느끼며 시간의 흐름을 잡고 싶을 때 동쪽에서 비껴드는 햇살을 거실 가득 안고 푹신한 소파에 비스듬히 누워 읽는 신문의 맛은 달콤한 포옹에서 풀려난 것 같은 감미로움으로 풍요로운 하루의 문을 연다.

그런데 문제는 외출이 있는 날이다. 시간은 자꾸 흐르는데 신문을 놓지 못하고 사설만~ 문화면만~ 사회면만~ 하다가 결국 시간에 쫓겨 허둥대다 "어이구! 구제 불능!"하며 자조적인 한탄을 하기도 한다. 급하다고 대강 하는 것도 용납하지 않는다. 립스틱이 잘못 그려지면 다시 정확하게 발라야 한다. 옷도 반듯해야 하고 머리카락 한 올도 흐트러지면 안 된다. 외출 전엔 집안 정돈도 다 돼 있어야 한다. 일도 몰아서 하고 밥도 소나기밥이다. 급해야 일을 몰아붙이는데 한번 시작하면 꼼꼼하고 완벽하게 해야 직성이 풀린다.

초등학교 운동회 때 일이다. 뛰어가다 보자기에 책을 싸서 달리는 게임인데 일등으로 달리다가 책이 밉게 싸졌다고 도로 풀어 싸다가 일등을 놓친 여자다. 참 힘들게 사는 여자다. 그렇게 타이트하게 살면서도 아슬아슬하게라도 약속을 못 지킨 일은 없었으니 희한할 지경이다. 그래도 그 여자의 아버지는 외손자에게 딸의 운동회 덕담을 의미 깊게 들려주곤 했다. 아마 서두름의 실수보다는 완벽함의 신뢰의 미학을 선택하신 것 같다. 이런 천성이 젊어 아이 키울 때야 어림없는 자유였겠지만 이즈음 제 취향대로 살 수 있음은 그 여자의 환경이 허락되었기 때문에 가능했을 것이다.

근 십오 년이 넘는 세월을 남편의 직장 임지 생활과 사업처 근무로 자유로웠기 때문이리라. 그런데 정년을 맞고 사업도 끝낸 그 여자의 남편이 매일 꼬박 부대끼며 살게 된 것이다. 밥도 먹기 싫으면 안 먹으면 됐고 잔소리를 들을 일도 없었는데 삼시 세끼에다 내 생활영역까지 침범해 오기 시작했다. 항상 정돈돼 있던 집안은 흩어지기 일쑤이고 저녁 먹고도 야참을 해 먹는다고 싱크대에 기름 묻은 그릇이 수북이 쌓여 있었다. 서서히 스트레스는 쌓여가고 이젠 성인들의 유명한 말씀들을 인용하며 나를 다스려야 했다.

그날 밤도 그 여자는 밤 몇 시나 됐을까? 수북이 쌓인 설거지를 하기 시작했다. 헹구기가 막 끝날 때쯤 뭔가 그 여자의 뒤에서 씩씩거리며 전연 외부에 노출을 꺼리지 않는 고성이 수돗물 소리를 가르고 적막을 깼다. "도대체 몇 시야? 겨우 잠 드려는데 무슨 심보냐구!"라는 소리가~ 홍두깨를 맞은 그 여자는 그제 서야 한밤중임을 깨닫는다. 그러나 은근히 부아가 치밀어 올랐다. 갑자기 찾아 든 3막 1장 인생에 초인적인 인내와 극기로 참아내고 있음인데 지독하게 공격적인 그 남자는 천성이 가랑잎에 붙는 불이다. 그 불이 미처 타기도 전에 상대편에 상처만 주고 자기는 멀쩡했다. 한참을 더 푸르락 불그락 성질과 싸우더니 배를 움켜쥐고 쩔쩔매기 시작했다. 신은 그 여자의 편이었다. 한참을 신음하더니 현관문을 열고 나갔다. 당한 놈은 다리 뻗고 잔다던가. 방문을 꽝 닫고 잠을 청했다. 무시하고 포기하니 잠도 잘 왔다. 수동공격형인 그 여자는 우선은 침묵한다.

동틀 무렵 거실에 나오니 인기척이 없다. 아직도 토라진 그 여자는 애써 관심도 걱정도 없다. 현관문을 여니 광고지까지 낀 두툼한 신문

뭉치에서 나는 잉크 냄새가 괜히 기분 좋다. 막 신문을 펼치려는데 때르릉! 전화벨이 울린다. 이 이른 아침에~ 가슴이 쿵! 내려앉았다. 수화기를 들었다. "난데! 지금 여기 병원이야! 지난밤에 응급실에 왔어!" 그 서슬 푸르던 기백은 간데없고 적장에 끌려가 앉은 목소리다. 이십여 년 전에 감지됐던 담석이 염증을 일으켜 쓸개 적출 수술을 받아야 한단다. 은근히 걱정하는 그 여자를 향해 요즘은 남·여 없이 쓸개 빠진 사람들이 많고 살아가는 데는 지장이 없다는 주치의 말이란다. 염증이 심해 여드레 동안 물 한 모금 마시지 못하고 링거로 염증을 가라앉힌 후 복강경 수술을 하는데 복부에 세 개의 구멍을 뚫어 핀셋으로 장기를 쏘옥 밀어 올려 절제해 내는 의료기술에 참 좋은 시절에 살고 있구나, 싶었다. 술 먹지 말라는 처방까지 받았으니 건강관리로는 도랑 치고 가재 잡은 그 남자는 명실공히 쓸개 빠진 남자가 되었다.

흔히 우리 일상에서 맺힘 없고 성격 좋은 사람들을 일러 간도 쓸개도 없는 사람이라고들 한다. 그러나 참고 인내하는 뜻의 인용어가 더 크다. 이제 그 남자는 쓸개를 빼어내고 마음의 돌도 빼내었는지 거듭 미안해했다. 병이 나려고 그랬다며 핑계 안에 숨으려 했다. 수척해진 얼굴을 보니 측은지심이 들어 그 여자도 가슴에 묶어 두었던 매듭을 살짝 풀어 놓았다.

"술을 마시지 않았는데도 취하고 비틀거리리라!"라는 이사야 말씀이 생각난다. 분노와 허영이, 욕심이 우리를 취하게 만들고 노여움과 욕정이 취하게 만들며 우리의 이성을 흐리게 만든다. 취한다는 것은 마음이 본래의 길에서 벗어나는 것이고 이성이 해이해지며 이해력을 잃는 것을 뜻한다. 그 여자와 쓸개 빠진 남자는 그 타고난 천성의 부

조화로 인해 올바른 이성을 잃고 영혼을 어지럽게 했으며 건강까지 해
치는 우를 범했다.

기도하는 순결한 양, 아녜스

단발머리 곱게 하고 미니스커트로 멋을 내던 대학생 시절, 내 살던 시내엔 바로 길옆에 성당이 있었다. 마당이 거의 없다 싶은 한켠에 커다란 성모 마리아상이 문지기처럼 서 있었는데 지날 때마다 마음이 쏠려 아무도 없는 텅 빈 성모상 앞에 서서 두 손 모으곤 했다.

내 조상들은 대대로 골수에 밴 유교 사상이었고 어머니는 새벽이면 잠자리를 비우며 기도하고 교회 직책까지 맡으셨지만 난 성당에서 누군가가 날 지켜보고 기다리는 것 같은 끌림이 있었다. 부르심이었다. 그로부터 십여 년이 지난 후 남편의 직장 임지였던 경기도 김포성당에서 교리를 시작해 성당 유치원생 어린 아들과 함께 인천교구장을 지내시고 가톨릭관동대학교 초대이사장으로 계시다가 지난번에 돌아가신 최기산 신부님께 영세를 받았다.

성녀, 본명의 의미가 무엇인지도 모른 채 교리 수녀님이 아들에겐 토마스, 나에겐 아녜스로 본명을 지어 주셨다. 성녀 아녜스는 동정 과부라는 것만 기억하면서 과부라는 명칭이 세속적인 개념으로 괜히 기분 나쁘게 부각되기도 했다. 세실리아는 노래하는 성녀이고 소화 데레사는 작은 꽃이라던가. 아녜스는 무엇을 의미하는 상징성이 없음을 비교하고 폄하하기도 했고 늘 아쉬운 마음이 꿍했다. 이름은 무엇인가? 이름은 운명적인 것이 많이 배어 있다고 한다.

성녀 아녜스(Santa Agnes)는 4대 순교 성녀 가운데 한 분이었다. 아녜스는 그리스어로 "순결" 또는 "양"이라는 뜻으로 도상학적 상징을 갖게 된 최초의 성인으로 발치에 어린 양을 데리고 있거나 팔에 안고 있는 여인의 모습으로 그려지지만 때로는 긴 머리칼로 온몸을 덮고 있는 모습으로 그려지기도 한다.

아녜스는 로마제국의 어느 부유한 집안 출신의 열세 살짜리 소녀였다. 그녀의 미모는 매우 뛰어나서 전국에서 그녀에게 청혼하는 자들이 셀 수 없이 많았으나 그리스도를 신봉하던 그녀는 하느님에게 자신의 순결을 지키기로 서원하였다. 로마황제 디오클레누스의 그리스도교 박해가 시작되자 집을 떠나기로 하였으나 구혼에 실패한 청혼자 가운데 한 사람의 고발로 그리스도인임이 발각되어 체포되었다. 아녜스가 배교하여 베스타 여신에게 제물을 바치기를 거부하자 격노한 총독은 그녀를 삭발시키고 나체로 매음굴로 보내버렸으나 하느님은 그녀의 머리카락을 길게 자라게 하여 온몸을 덮게 하고 천사를 보내 하얀 옷을 입혀 주셨다. 그런 와중에도 아녜스를 덮치려던 젊은 남자가 즉사하고 아녜스를 음탕한 눈길로 쳐다보던 남자는 시력을 잃어버리게 되자 로마의 관리가 남자들이 그렇게 된 이유에 대해 심문하자 아녜스는 천사가 하얀 옷을 입혀 주며 자신의 몸을 지켜주었다고 대답했다. 관리를 납득 시키기 위해 전구의 기도를 올려 자신을 성폭행하려던 남자를 다시 살려 놓았으며 장님이 된 사람의 눈을 낫게 하였다. 다시 총독 앞으로 끌려나간 아녜스는 불 속에 던져졌으나 불꽃이 양쪽으로 갈라져 조금도 다치지 않았다고 한다.

결국 아녜스는 참수형으로 순교했으며 350년경 콘스탄티누스 1세의 딸 콘스탄티나 공주는 아녜스의 묘지 위에 그녀의 이름을 딴 산타녜세인 아고네성당을 지었다고 한다. 처녀, 약혼한 남, 여 정원사의 수호성인인 아녜스! 열세 살의 어린 나이에 하느님의 부르심이 아니면 도저히 일어날 수 없는 이처럼 확고한 신심으로 총애를 받고 하느님의 철저한 보호 아래 살아온 열세 살의 소녀 성녀인 아녜스를 빌리고 입은 나의 신앙은 어떠한가를 조용히 묵상해 보지 않을 수 없다. 때로는 스스로 선택한 자유의지가 대견했고 그분의 부르심 아니면 어찌 오늘의 내가 존재하랴 싶어 늘 감사함으로 살았고 또 살아가고 있지만 성녀의 그 이름 달리 바쳐 올리지 못한 몸이 건사만도 겨워서 눈앞 세월만 갔았다.

성덕을 따르고 닮은 신앙생활을 하라고 이름을 나누어 주었을진대 로마에 세 번이나 갔으면서도 아녜스 기념성당의 존재마저도 몰랐던 무지와 무관심도 부끄럽다. 내게 행해지는 모든 것들이 다 내 옷이고 내 신발이었음을 모르고 멀리하고 밀쳐내려고만 했던 어리석음이 야속하다. 이제야 이 저물녘에 하느님의 은총과 보호 속에서 기적을 행한 아녜스 성녀를 공경하고 사랑하며 그녀처럼 기도하는 순결한 어린 양이 되어 아녜스의 삶을 닮아가는 흉내라도 내야 하리. 그 동안 알게 모르게 수많은 순간순간을 살아올 수 있었던 것도 아녜스 성녀의 성덕으로 인함이었음을 깊이 깨닫는 오늘이다. 순결한 어린양 아녜스 성녀님! 고귀한 이름 미거한 저에게 빌려주시니 이름값 차려 살겠나이다. 비뚠 걸음 바루어 주시고 흔들릴 때 잡아주고 잊을 때 찾아 주시어 하늘에서 우리 만날 때 환하게 마주 웃게 하소서!

나의 스승 벽서碧棲 최승순

대학교 1학년 새내기는 어느 날 오전 강의만 마치고 캠퍼스를 빠져 나왔다. 시골에서 살짝 벗어난 캠퍼스 앞길에는 사람들이 장날이면 머리에 이고 들고 장으로 줄지어 가는 모습들이 참 재미있어 무심코 그 날의 정경을 글로 써보았다. 그리고 한두 주일쯤 지나 교양과목 국어를 맡으셨던 교수님께서 리포트로 수필 한 편씩 써내라고 하셨다. 이런 선견지명도 있을까? 준비된 숙제를 극찬하시며 동료 교수님들에게까지 내 글에 대한 칭찬을 아끼지 않았던 나의 스승은 강원대학교 명예교수로 계셨던 최승순 교수님이시다.

교수님과의 특별한 인연은 그렇게 시작되었다. 어디에 의논할 대상이 마땅찮았던 나에게 예스, 노, 라는 딱 부러진 답을 듣지 못해 헤매기도 했지만 늘 관심과 사랑으로 바라보셨다. 결혼 후 먼 곳에 살면서 스승의 날이면 해마다 꽃바구니 속에 마음을 전하다가 96년엔 춘천에 제2의 둥지를 틀게 되었을 땐 마치 친정집 부모 곁에 온 듯 가깝게 지

내게 되었다. 간간이 내외분과 우리 부부는 함께 음식을 나누었고, 우리 부부가 주례로 모시지 못했던 교수님을 아들 결혼식에 주례로 모시게 되었을 때 흐뭇한 미소와 진정한 사랑으로 반겨 응해 주셨다. 전문지식이나 세상사 적으로나 우리에겐 아버지 같은 스승이셨다.

속초에서 교통사고를 크게 당한 적이 있었다. 깁스로 구부러지지 않는 굳은 무릎을 물리치료로 강제로 꺾어야 하는 고난도 치료라 비명을 질러야 하며 그 과정을 견디지 못하고 포기하면 장애인이 되는 것이다. 평생 뼈청다리로 살아야 한다. 그 소식을 들으신 교수님께서 친히 급히 전화로 친구분의 경험담을 들려주시며 힘들더라도 꼭 헤쳐 내야 한다고 당부 당부해 주셨다. 그에 힘입어 죽을힘을 다해 이겨냈을 때 맛난 음식을 사주시며 누구보다도 기뻐해 주셨던 분이시다. 홍천 높은 터에 불 한증막을 열었을 때 친히 방문하시어 "찜질방이라고 해서 그냥 그러려니 했는데 이건 아주 기업이네." 하시며 생애 처음 한증막에 입소하여 체험하신 후 몸이 가볍다고 하시면서 대견하다며 덕담을 아끼지 않으시던 나의 스승. 문학동아리로 구성된 '노래하는 아침 하늘' 중창단의 일원으로 첫 발표회 공연이 있던 날, 두 내외분이 귀한 자리에 함께하셔서 축하해 주시고 격려해 주시던 아버지 같은 나의 스승. 인생에서 이처럼 존경하고 흠모하는 스승을 가깝게, 그리고 부모 자식 같은 관계로 살아갈 수 있다는 것은 그리 흔치 않은 축복이다.

한평생을 학자로 사시면서 학문과 덕을 쌓으신 그분은 자녀들도 잘되고 모든 이에게 존경받는 삶을 사셨다. 강릉에 처음 세워진 율곡연구회 초대이사장으로 초석을 다지셨고 강원대학교에서 오랫동안 재직하시며 수많은 제자를 배출했지만, 옛날 계셨던 가톨릭 관동대학교 제자들에게는 더 살가움을 느끼셨다.

　수많은 글을 쓰셨지만 팔십 평생 출판기념회를 해보시지 않으셨다. 그러다가 강원일보에 2년 동안 매주 화요일 문화면에 100회까지 연재해 오신 〈강원문화회고〉라는 표제를 〈강원여지승람〉으로 정리해서 책으로 묶으시고, 언제 또 책을 내랴 싶어 자녀들의 주선으로 팔순이 훌쩍 넘으신 연세에 춘천 두산 콘도에서 성대하게 생애 첫 출판기념회를 여셨다. 그때 깜짝 이벤트로 축시라는 이름을 빌려 마음을 봉헌했다. 2009년 초록이 눈이 부신 5월 초였다.

　　　　풀잎과 바람들이 서정시를 쓰고
　　　　녹색의 정원에 신의 숨결이 흐르는 오늘, 이 멋진 밤
　　　　그 청송 뜰에서 내 뿜던 온새미 같던 젊은이들의
　　　　가쁜 숨결을 기억하시나요?

　　　　살아오면서 힘들고 지칠 때 당신의 눈빛 언어는
　　　　해를 향해서만 고개 돌아가는 해바라기의
　　　　태양이었음을 기억하시나요?

　　　　지는 노을이 더 강하고 아름다움을 아시는 당신은
　　　　저물녘, 온통 메마른 대지 위에 이제야
　　　　마음 밭 하나 일구어 놓으셨네요.
　　　　묵묵히 오로지 학문의 길만 걸어오신 외곬 한 길
　　　　부러질지언정 굽지 않는, 그러나
　　　　부러뜨리지 않는 당신의 신앙 같은 철학을

흠모합니다! 존경합니다! 그리고,
자랑스럽습니다!

성실과 겸손과 소탈함 속에
절도와 품위를 잃지 않는 정갈한 선비의 삶으로
가정과 자신을 지켜 낸 당신을 진정 닮고 싶습니다.
중용과 성실을 몸소 실천하신 당신의 삶을
흉내라도 내고 싶습니다.

이제 이 시대 이 고을의 마지막 선비시여!
불의와 불신이 태양마저 가리는 이 시대에
오늘 상제하신 체험과 철학과 학문이,
또 당신께서 들려주신 성실함의 미덕이
한 소쿰 정화제 되어 새살 돋게 하소서!
해지고 어둠이 와도
외줄기 당신 향해 고개 돌아가는,
아! 저희들은 당신 향한 영원한 해바라기입니다.

예상치 못했던 제자의 마음 선물에 환한 웃음으로 대견함을 감추지 않으시던 모습 선연하다. 중용中庸을 강조하시며 중용은 성誠의 철학이라고 하셨다. 성실함이 없이 잔재주로 사는 것은 불성不誠스러운 행위라고 하셨다. 늘 미숙한 내게 그동안 쓴 글들을 묶어 책을 만들어 보라고 말씀하셨는데 그만 내 문집을 보시지 못하고 2014년 89세 일기로 먼 길 떠나셨다.

외아드님인 동욱의 부음 전화를 받고 밀려오는 속울음에 답을 못하고 잠시 먹먹했다. 영원히 그대로 우리 곁에 계시리라는 안이했던 믿음에 좀 더 챙겨 드리지 못한 서운함이 뇌리를 아프게 했다. 늘 생활과 마음속에 문장이 막히거나 난처한 일이 있을 때면 교수님의 도움으로 실마리를 풀면 된다는 믿음이 나를 든든하게 했는데 상실의 늪이 아주 깊었다. 교수님에게서 출판에 대한 가벼움의 우를 범하지 말아야 함을 배웠음인지 게으름 탓인지는 알 수 없었으나 출판에 관한 한은 왠지 조급증을 느끼지는 않았지만 이제 와 글을 한 권 엮어 보려고 작품 정리를 하다 돌아보니 가장 기뻐하며 축하해 줄 두 사람이 못내 가슴을 저미게 한다.

일찍 하늘나라로 떠난 내 여동생과 나의 스승 벽서 최승순 교수님이시다. 늘 자애로운 안경 너머의 사랑 가득한 미소로 바라봐 주시던 교수님이 참 그립고 보고 싶다.

제3부

문원당과 한증막

문원당文原堂의 사계四季

동틀 무렵 새벽꿈이 어설플 때 개울 건너 아련하면서도 청아하게 응 달말집 수탉 울음소리 "꼬끼요!"하고 서너 번 소리치면 이내 개 짖는 소리 새벽을 흔든다. 조금 덜 깬 잠을 추스르고 여명이 쪽 눈을 뜨며 동편에서 한지 창을 두드리면 부엌에 달린 합환문*을 문고리에서 빼 활짝 열어젖힌다.

정수리를 들이대고 대기하던 축복의 아침 공기와 빛이 집 안으로 쏜 살같이 들이 달린다. 열두 칸 한옥 문은 방마다 세 겹 문이다. 집안에 딸린 한지 문을 다 열고 고리를 끼우는 일이 한참 걸린다.

그때부터 이 문원당은 담장을 이룬 왕대밭과 적송으로 가득 찬 소 나무 뒷산과 내통을 이룬다. 들어서는 정문이 살짝 동쪽으로 비켜 앉 아 내밀하게 이뤄지는 운치가 더욱 좋다. 오만 평에서 붉은 빛을 발하

---

* 합환문 : 한옥에 나무로 된 마주 열고 닫고 하며 양쪽고리에 나무 막대를 끼워 걸 수 있는 부엌채 바깥문

는 적송 산을 병풍처럼 둘러메고 문전옥답을 끼고 앉은 문원당. 앞에 흐르는 개울엔 지금도 일급 상수원에서만 자라는 꾹저구, 버들치, 모래무지, 쉬리가 어항과 반두에 잡히는 지역이다. 대나무 담장 안의 마당 가엔 제법 연륜을 자랑하는 보라색 수국이 아름드리로 피어 사발을 봉긋봉긋 엎어 놓은 듯하고 배롱나무도 질세라 마주하고 서서 붉은 꽃을 염천에도 쏟아낸다.

봄이면 앞산 뒷산에 꾀꼬리 울고 밭 가에 아름드리 매실나무들이 꽃을 피워내 벌들을 불러들이며 집 주변에 심어놓은 참두릅, 개두릅이 파릇한 새순을 돋아낼 땐 봄나물 반찬이 「고기보다 마시 이셔」 지근에서 불어 오는 해풍의 비릿한 냄새로 간을 맞춘다.

이어서 집 앞 논바닥으로 힘차게 흐르는 도랑물은 모내기 철로 바쁘다. 황량하던 논바닥도 일제히 모내기로 푸른 옷을 입는다. 그날 밤부터 개구리는 비가 오나 오지 않으나 합창을 시작한다. 감나무 잎, 밤나무 잎 덩달아 피어올라 연둣빛이 장관이다. 꽃 진 자리 위로 구슬 같은 열매들이 박히기 시작하고 논에 모들이 검푸른 빛을 내면 초하의 계절이다.

살구만 한 홍매실이 투명한 햇살에 볼이 발갛다. 유난히 알이 굵은 매실을 가지를 휘어잡고 따낼 때는 흥분과 신비와 감사가 절로 옹알이를 한다. 농익은 매실 알은 청이 지면 맛이 더욱 깊다. 장독대에선 간장과 된장이 익어가는 소리와 냄새에 잠시 선대 할머니의 얼굴이 스친다. 대나무밭에는 죽순들이 불쑥불쑥 튀어나온다. 머위 나물도 질세라 초록 우산이다.

대순들은 촉만 땅 위로 내밀었다 하면 보는 데서 불끈 쑥쑥 자라 오른다. 솔잎들도 새순을 틔우고 솔방울들도 예쁘게 꽃들처럼 주렁주렁 달리는 뒷산 바위에 올라서면 푸른 동해와 아기자기한 산과 들, 마을이 한눈에 들어온다. 평화롭다.

문원당 주변에 심어놓은 과일나무들과 해당화, 철쭉도 제 할 일을 해내고 텃밭에 마련한 채소들도 싱싱하게 커 가는 축복의 땅! 산, 바다, 냇가를 갖춘 대자연의 명당 문원당! 전통한옥의 건축양식을 철저하게 지켜 새로 짓다시피 한 한옥 기와 밑 지붕에 황토를 수십 톤이나 얹었으니 한여름 삼복에도 집안에만 들어가면 서늘함을 느낄 정도이다. 방바닥은 황토와 종이 장판으로 옛날 한옥 전통방식을 고수하면서 방마다 달린 한옥 문들엔 창호지로 문풍지도 바르고 천정은 소나무로, 벽들도 황토로 글자 그대로 숨 쉬는 집을 지었더니 향긋한 나무와 흙냄새가 문을 열 때마다 온몸에 와 휘감긴다. 한여름 날 찜통더위에 뒷켠 창호지 문을 열어놓고 방바닥에 누우면 산바람이 불어 들어와 그 상쾌함이 비발디이다.

논골에 바람이 스르르 스쳐 가면 가을이 스며들며 벼 이삭이 돋아나기 시작한다. 바다 쪽에서 불어오는 바람이 다르다. 마당엔 고추잠자리 날기 시작하고 매미 소리도 더 쓰러진다. 뜰에서 들려오는 벌레 소리도 다르다. 밤송이가 제 모습을 드러내고 감이 꼭지를 활짝 벌린다. 아궁이에 냉기 불을 지피면 굴뚝에선 모락모락 연기 피어오른다. 장작불 냄새는 방에서 풍기는 나무 냄새에 더하여 녹아내린다. 동해안의 가을은 더욱 맑다.

도시에선 미세먼지로 투명하지 못했던 하늘이 이곳에는 창공이 된다. 집 앞 들판은 벼 이삭이 희끗희끗하다가 금방 황금벌판으로 익어

간다. 싸늘한 바람이 쨍한 하늘과 만나면 어느 새 한해를 뒤돌아보며 익어가는 것이 아니라 늙어가는 것이라 여겨 슬쩍 허전해지는 감촉이다. 감이 익어가고 알밤이 새벽이슬 맞고 붉게 깔리면 산속 귀한 보물 송이가 갓을 이고 궁둥이를 들썩거린다.

그때부터 우리 부부는 매일 아침저녁으로 그들과 조우한다. 먼지 낀 시간 위에 됫박으로 씨를 뿌린 잡초들을 뽑는 일도 행복이다. 방치했던 흙의 정수리를 부수고 손바닥만 하게 손수 갈아놓은 텃밭에는 토마토도 주렁주렁 상추, 고추, 가지, 케일이 농사꾼 부럽지 않다. 해당화도 피고 포도송이가 신사임당 그림이다. 대밭 속에 알밤은 줍지 않은 채로 다람쥐 · 청솔모의 밥상이다.

아궁이에 지핀 구들장 알맞은 온도는 쾌감으로 몸이 녹는다. 타고 남은 숯불에 동해의 펄펄 뛰는 임연수 한 쌍에 왕소금 확 뿌려 올리면 오만가지 반찬 다 필요 없다.

추수 때가 되면 댓잎 소리 더욱 서걱거린다. 서녘 하늘 저녁노을이 한지 문에 댓잎을 그려넣을 때엔 조용히 나를 반추하게 되는 내 생성의 가을을 맞는다. 고향 생각이 나듯 그리운 이들의 얼굴이 어리고 목소리가 듣고 싶거나 보고 싶다.

탐스럽게 매달렸던 감나무의 감이 장대 끝에 꺾이어 내리면 겨울이다. 배추밭 배추들이 허리끈을 풀면 북적이던 모든 삼라만상은 적막이고 그래도 문원당의 왕대밭과 뒷산 적송들은 청정하다. 그래서 더욱 빛나고 멋지다. 진홍빛 감을 깎아 매달린 곶감은 명품이 되고 밤 구덩이도 볏짚 지붕을 이고 칩거에 들어간다. 하얀 눈이 내리면 절경이다. 쌓인 눈에 허리가 다 휘어져 있는 대나무를 툭 건드리면 스프링처럼 금방 벌떡 일어서는 기상. 까치들이 눈 덮인 하얀 대지 위 푸른 하늘을 상큼상큼 날다 들어와 감나무에 남겨 놓은 홍시 까치밥을 싹싹대며 파먹는다. 가지마다 눈을 이고 서 있는 늠름한 소나무들은 끄떡도 없다. 공기가 맑아 유난히 쨍한 겨울날 고드름 녹아떨어지는 낙숫물 소리는 냉큼 내 유년을 초대한다. 사시 푸른 내 집의 저들을 보노라면 감사와 축복이 저절로 쏟아져 나오고 먹지 않아도 배부르다. 차려진 이 아름답고 귀한 환경에 내가 살아 있는 동안 주인이 되어 누릴 수 있다는 축복에 목이 메인다.

멋들어진 용마루 밑 이마 벽에 당호도 하나 걸었다. 운기까지 맞아 떨어져 이곳 문원당에 들면 심신이 편안해져 건강을 추스릴 수 있다. 새소리도 시시각각 다르다. 사계절 밤낮이 다 다르다. 봄철 뒷산에는 뻐꾸기와 산비둘기, 휘파람새, 대밭에는 참새 떼. 봄밤엔 이름 모를 산새들이 제각각 작은 소리로 운다. 잠자리에 들면 소쩍새가 애간장을 녹이고 깊은 한겨울 밤엔 부엉이가 격조 높게 운다. 자정이 지날 때쯤엔 소쩍새가 또 운다. 새벽녘에는 산비둘기가 구구댄다. 잠이 부족해도 전연 피로하지 않다. 아침이 열리면 기왓장 밑으로, 대밭으로 참새 떼가 아주 거하게 음악회를 한다.

문원당에 며칠씩 혼자 거할 때가 많다. 어떤 이는 무섭지 않느냐고 한다. 물론 내 집이니 그럴 리 없지만 왜 혼자인가! 거실 한가운데 십자고상이 어둠 속에서도 내게서 눈을 떼지 않을뿐더러 이 많은 새와 대나무와 소나무, 그리고 온갖 식물들의 숨소리, 얘기 소리, 때로는 고요한 소리도 듣는다. 대자연들이 아름답고 좋은 소리로 이렇게 소곤대는 대화를 하노라면 무서울 시간이 없다.

한밤중 아주 가끔 먼 이국으로 날아가는 비행기 소리가 애잔한 그리움을 불러들이기도 한다. 이보다 더 아름답고 귀한 것과의 만남과 교감. 이러한 행복이 그 어디에 있으랴. 모두 내 삶의 지킴이들이다.

밤마다 별이 쏟아지다 달 떠오르는 보름밤이면 내 서정은 절정에 이른다. 교교한 마당 가, 댓잎 드리우는 한지살문 그림자에 실바람이라도 살짝 실리는 툇마루는 환상의 실루엣이다. 사계가 그림 같은 문원당에 머무는 동안은 이 자유로운 영혼은 천사가 된다. 미움, 원망, 시기, 질투, 오욕칠거가 다 무(無)가 되고 태초의 아담과 이브 그 이전으로 돌아가는 문원당은 내 피정의 집이고 안식처이고 성지이다.

내 마음의 빈 둥지

내가 기거하는 주변은 수목들이 제법 우거지고 조경도 잘 어우러진데다 야트막한 산들이 둘러싸여 청정하기 이를 데 없는 곳이다.

그런데 어느 봄날, 아파트 출입문을 들어서는 화단에 당산나무처럼 늘 푸근함을 주던 느티나무를 관리실 직원이 베어내고 있는 게 아닌가. 너무 황당하여 말을 잃을 지경이었다. 어떤 마음으로 몇십 년을 자라 아름드리가 된 나무를 겁도 없이 잘라 낼 수 있을까 싶어 강하게 항의했지만 이미 나무뿌리 나이테만 허연 속 살을 들어낼 뿐이었다.

느티나무에서 떨어지는 낙엽을 청소하기 귀찮아서 저지른 관리인들의 무지막지한 환경 정서에 경악과 분노로 한해 내내 속을 끓였다. 그 후 긴 외출로 집을 비웠다가 들어와 앞 베란다 창문을 열려고 하니 문이 도무지 열리지 않는다. 유리창을 통해 바깥을 내다보니 에어컨 환기통 뒤로 물체가 가득 차 있는 것이 감지됐다. 자세히 들여다보니 까치가 집을 지어 놓고 나들이 나간 것이었다. 어떻게 해야 할까? 궁리할

게재가 아니다. 당장 창문을 열어야 하니 해체 작업을 할 수밖에 없었다. 어디에서 그 많은 나뭇가지를 물어와 이토록 견고하게 지었을까. 물샐틈없이 가지런하게 굵은 가지와 잔가지로 촘촘히 기초 공사를 하고 둥우리로 갈수록 부드러운 잎과 가지들을 깔았고 가운데엔 깃털로 둥우리를 완성해 놓았다. 한낱 미물에게도 이토록 섬세한 재주로 삶의 편린을 마련해 주시는 신에게 찬미의 노래 드리고 까치에게 경의를 표하고 싶었다.

다행스러운 것은 아직 알을 품지는 않았고 오래되지 않은 금세 지은 집 같았다. 주변의 큰 나무에 둥지를 틀고 살다 나무들을 베어내니 집을 잃고 그 많고 많은 집 중에 내 집 앞 베란다에다 진을 친 것은 특별한 선택인데 그들을 돌보아 주지 못하고 허물어 버린 죄책감이 한 동안 마음을 불편하게 했다. 다음 해 봄, 바다가 가까운 시골 고즈넉한 곳에 대대로 물려 온 한옥을 갖고 있었는데 퇴색하여 기둥만 남기고 거의 새로 짓다 싶게 집을 지었다.

한옥을 지으면서 업자와 인부들한테 배반과 속임수와 돼먹지 않은 노동법으로 인해 정신적으로나 물질적으로 얼마나 스트레스를 받았는지 그 아름답고 황홀했던 귀촌의 꿈이 산산이 부서져 버렸다. 까치가 지어 놓은 집보다 못한 머리와 솜씨인 그들이 왜 노가다라는 말들을 들으며 무시당하는지 그 이유를 알았다.

그래도 어쩌랴! 청산이 좋아, 앞뜰 푸르른 대나무 숲이 좋아, 불어오는 봄 바다의 해풍이 좋아 집을 마련했으니 상처받고 피폐된 마음을 추슬러 세상 번뇌 시름을 잊고 의구한 청산에 어쨌거나 귀의해야 한다.

늦은 봄날 짐을 챙겨 시골집에 도착하니 참새 떼가 마치 환영 퍼레이드를 벌리는 듯했다. 한옥 기왓장 갈피마다 마다에 저마다 둥지를 틀고 주인 노릇을 하며 흥겨워 짹짹짹! 집들이라도 하는 듯했고 그중 한 무리는 부엌 모서리 한옥 추녀 밑에 얕은 구멍을 미처 메우지 못했더니 거기에다 집을 지었다. 그곳은 마치 실내 스피커를 달면 딱 좋을 곳인지라 아침을 여는 새소리 CD를 틀어 놓은 것처럼 새벽부터 짹짹거린다. 음악이 가미된 새소리는 힐링이 되는데 그냥 너무 자주 가까운 곳에서 우는 새소리는 공해였다. 새집을 처리하려는 나를 향해 남편이 살펴보더니 알을 품은듯한데 조금만 더 기다리면 새끼로 부화해 저희가 알아서 날아갈 테니 그때까지만 두자고 했다. 작년에 아파트에서 걷어 낸 까치집이 늘 마음에 미안함으로 남아 있던 터라 흔쾌히 받아들이고 매일 둥지를 살펴봤다. 어미가 한 사흘 품고 들락거리더니 알을 깨고 햇살 가득한 세상에 그 가냘픈 몸뚱어리를 들어냈다. 아! 이 고귀한 생명의 신비여! 우린 부엌에서 숨죽여 가며 어서 커서 훨훨 날기를 기다렸다.

그런데 어느 날, 그렇게 짹짹대던 어미와 새끼들이 조용해 이상하다 싶어 들여다보니 새끼까지 날아가고 없었다. 이때다 싶어 새집을 앞마당 목백일홍 나뭇가지에 옮겨 놓아 주었더니 한두 번 휘둘러 보고는 평소 저희들이 깃들던 숲속과 대나무 숲으로 깃을 품었다. 기왓장 마다마다에 진을 쳤던 새들도 하나 둘 대나무 숲으로 날아갔다. 비어 있던 집에 주인이 온 것을 알고 제 자리로 찾아드는 이 영특한 미물들 앞에 주변에서 받은 상처와 피폐함으로 메마른 정서 속에서 세상의 작고 여린 곳을 자애의 시선으로 바라볼 수 없었던 내 마음의 빈 둥지가 아려 온다.

  새들이 떠난 빈 둥지는 아련한 그리움과 포근함이 어리는데 영혼 없
는 마음의 빈 둥지는 서글픔과 삭막함으로 세상과 소통할 수 없음을
보고 느끼며 지금부터라도 보이기 시작하는 진실한 사랑과 끝없는 포
용과 아름다운 용서의 알을 내 텅 빈 둥지에 넘치도록 품어 안아 보려
한다.

송이 산 연가

국도에서 찻길로 5분 거리이고 걸어서는 20분 거리의 시골집 뒷산에는 육십 년 넘은 적송들이 꽉 찼는데 그 솔밭이 송이가 자생하는 산이다.

주로 새벽에 이루어지는 송이 채취는 남편 혼자 떠난다. 저녁형인 나는 아침 일찍 활동이 어려워 동틀 무렵에야 아침밥 준비를 하면서 막간에 약혼 기념으로 심어놓은 아름드리 은율밤나무에서 발갛게 떨어져 있는 알밤 줍기로 아침을 연다.

이슬 맞은 알밤들을 맞이할 때는 경이롭기까지 한데 바로 옆에 자리한 고동시 감나무의 감들이 주렁주렁 수런거리며 아침 인사를 나눈다. 아직도 설레는 가슴이 채 가시지 않을 무렵 남편은 송이 배낭을 메고 하산한다. 싱그러운 아침상은 반찬 없이 공기로도 성찬일진대 금방 딴 송이 두세 개만 송송 썰어 들기름에 소금 살짝 뿌려 데쳐내면 그 하나로 족하다. 가뜩이나 한옥이라 드나드는 잰걸음만으로도 운동 배가로

식욕이 왕성해지는 터이니 밥맛이 꿀이다.

채취한 송이는 아주 조심스럽게 다루어진다. 조금도 상처가 나면 안 되기 때문이다. 남편이 다듬는 동안 난 오후 산에 올라 먹을 점심 도시락 준비를 한다. 타파 그릇에다 동해안 게장 조림, 열무김치, 계란말이에 생수병 하나 황도 복숭아 하나 썰어 배낭에 넣으면 준비 완료다. 송이 채취 때 뿌리 들어 올릴 스틱 하나씩 들고 입산이다. 알맞게 산들산들 부는 바람은 키만큼 자란 풀잎들을 살랑이게 하고 송이들의 순환을 경쾌하게 해 준다. 송이는 다소 그늘진 곳, 구릉 지대와 키 작은 소나무들이 우거진 바위 옆으로 분포되어 있다. 솔잎이 덮여 있어 불끈 자라지 않았을 때는 전문가가 아니면 찾기 힘들다. 산을 오른 지 오 분도 안 되어 구릉진 계곡 옆에 영락없는 남근 모습의 붉은 빛 송이가 줄줄이 서 있다. 송이도 집단을 이루며 서식하고 있었다.

"심봤다!" 고함과 함께 흥분해서 급하게 덤비니 제법 베테랑이 된 남편이 뿌리와 갓이 다치지 않게 조심하라 이른다. 뾰족한 나무 스틱 끝을 송이 뿌리 밑을 깊숙이 찔러 불끈 올리니 쏘옥, 갓을 들어내며 솟아오른다. 손가락을 넣어 살짝 집어내니 아! 일등품 송이 송이들! 뿌리 밑 흙 포자(곰팡이)들이 가득하고 송이 향이 온 산을 감돈다. 흐트러져 나온 포자들을 정성을 들여 그 자리에 꼭꼭 심어 눌러 주고 이동하며 또 찾아 나선다. 이동할 때도 지뢰밭 걷듯이 산길을 타며 다녀야 한다.

한 송이를 찾으면 조롱조롱 이웃하여 집성을 이루며 자란다. 덤벙대며 하나만 보고 덤비다간 옆에 자라는 놈들을 밟기도 한다. 이렇게 즐거운 비명 속에 산을 오르노라면 싱그러운 산바람이 솔솔 불어 와 살짝 배인 땀을 씻어 준다. 그 순간엔 고백한다. 늘 불평 많았던 시집살이 홀랑 벗어 버리고 시집 잘 왔다고 소리쳤다. 웃음소리와 함께 배낭 속은 점점 불어나 어린 아기 다루듯 몸놀림이 조심스러워진다. 소나무 사이로 비췻빛 하늘이 어른거리고 사이사이로 비추어 드는 햇살이 송이 머리를 희끗희끗 비춘다.

어제 채취했던 그 자리에 가도 여전히 또 자라 있고 산등성이 고운 흙 속엔 이제 막 머리만 내민 모습이 영락없는 다이아몬드로 징을 박아 놓은 듯하다. 어떤 놈은 아주 외진 바위 밑 구석에서 자라 미처 찾아내지 못해 웃자라 높다랗게 갓을 쓰고 우뚝 서 있기도 한다.

산 정상 안방바위까지 도착하면 점심시간이다. 소풍객들처럼 메고 온 도시락을 펼치고 금방 채취한 송이 하나 찢어 고추장에 발라 입에 넣으면 황후 부럽지 않다. 산속에 연붉은 송이풀꽃이 피어 불어오는 바람결에 꽃과 잎이 살랑살랑 춤을 추는 천혜의 정원, 그 순간 내 몸은 충만한 자족감에 자지러진다.

식사가 끝나면 세시까지 산을 누빈다. 배낭을 가득 채우고 손에 든 가방도 가득 채우고 하산하는 길은 콧노래가 저절로 나온다. 큰 대야에 쏟아부으니 가득 넘치고 향은 만 리에서도 맡을 성싶다. 온 집안이 송이 향으로 몽롱하다. 아주 잘 생기지 못한 등외품은 반찬용으로 빼고 자루에 차근차근 담은 후 수매장으로 향한다.

올해엔 송이가 풍년이라 다른 산에서도 많이 출하된다. 읍내에 자리한 출하장은 북새통이다. 송이는 지역마다 여러 곳에서 많이 생산되는데 지역마다 토양이 달라 질도 가격도 다르다. 양양에서 생산되는 송이는 전국적인 유명세도 있거니와 인증을 받았기 때문에 으뜸 송이로 품질이 보증되고 가격도 높다. 강릉에서 따 온 송이를 이곳 출하장에서 수매하려던 사람이 감정원의 예리한 식별로 보이콧 당하는 정경을 보았다. 송이에 붙어있는 흙과 향과 색깔이 다르단다. 수매가는 매일 매일 가격이 달라진다. 물량에 비례한다.

그날 출하량이 많으면 값은 떨어지고 적으면 값이 오른다. 수입을 떠나 매일 재밋거리로라도 엔돌핀이 솟는데 통장은 불어나고 재래시장 돌아보는 재미까지 쏠쏠하니 콧노래가 절로 난다. 양양 장날은 별의별 버섯들이 다 있고 탐스럽고 맛있는 과일들이 지천으로 깔렸다. 예부터 낙산 배와 복숭아는 임금님 진상품으로 품질과 맛이 정평이 나 있기도 하다. 각종 버섯과 토종 야채, 산채, 생선, 잡곡, 약초 열매들과 민물고기들, 그리고 시골서 손수 갈무리해 만든 밑반찬들도 아주 정갈하고 맛있다. 볏짚을 틀어 만든 집에 담긴 토종 달걀은 노른자위가 영글다.

그 길로 바로 낙산 해변에 가면 해수탕이 있다. 남대천 물이 흘러 바다와 만나는 바로 그 지점에 자리한 탕 안에 들어앉아 통유리를 통해 내다보면 냇물과 바다와 흰 파도, 아스라이 보이는 쏠 비치 호텔도 눈앞에 전개된다. 하루를 노루처럼 산으로 들로 헤매며 뭉쳐진 근육을 해수탕에서 시원하게 풀고 저녁노을이 대청봉 봉우리와 한계령을 물들일 때쯤 해변 드라이브 코스를 타고 귀가하는 길엔 수산리 횟집이 기다리고 있다. 금방 잡아 올린 가자미 물회에 임금님께 진상했던 금방 따 온 낙산 배를 듬뿍 올려서 한 그릇 먹고 나면 세상이 다 내 것이다.

어둠이 내리는 나의 시골 집, 송이 산이 병풍처럼 둘러있는 한옥에 장작불을 짓 피우면 솔 향기 그윽하고 따끈한 구들장 아랫목에 누워 송이 산 연가, 시집 찬가를 또 한 번 불러본들 뉘라손 탓할까. 염화시중 그 미소, 이 밤도 겹다.

작은댁 할머니

그녀는 나보다 세 살 위인데 남편 항렬이 높아서 내게 시 작은댁 할머니가 되었다. 조실부모하고 시집에 와 외아들로 자란 남편이 식사 중에 콧물이 나고 밥을 흘리면 치맛자락으로 싹싹 닦아주며 챙겨주고 시부모와 일가친척들도 깍듯이 챙기는 효부이다. 자식을 낳다 보니 딸만 다섯이다. 아들은 두 명이나 낳았는데 돌도 되기 전에 가버리곤 했다.

오밀조밀 한마을에 사는 큰집 작은집 사람들은 딸들을 홀대했다. 그중 아들 둘과 딸 하나를 가진 이웃에 사는 내 작은 시어머니는 유난히 더했다. 그러나 친 시부모들은 자손이 귀한지라 손녀들을 사랑했지만 그녀는 늘 죄인 같은 마음으로 살았다. 지각없는 남편과 그 가족들은 잘하다가도 정돈되지 않은 인격과 무지로 함부로 해 마음의 상처를 주곤 했다. 그녀는 어려서 앓은 귀앓이로 청력을 잃어 더욱 힘들게 살았다. 동문서답을 할 때도 많다. 자연히 함께 사는 가족들은 답답하고 짜증 날 때가 많았을 것이다.

그녀는 눈만 뜨면 밭에 나가 들일을 했고 잠시도 쉬지 않고 부지런히 일해 맏딸을 고등학교 졸업을 시켜 집을 떠나 직장생활을 하게 했다. 그렇게 되니 둘째는 맏딸이 도와 고교졸업을 해서 또 직장생활을 했고, 둘째 역시 남은 동생들을 도와 셋째 딸은 전문대학을 나왔다. 하나, 둘 시집을 가더니 맏딸이 자리 잡은 곳에서 모두 자리 잡게 했고 셋째 딸은 호주에서 일하다가 그곳에서 결혼하고 정착했다. 넷째도 전문대학을 마치고 막내인 다섯째는 중학생일 때 아예 맏언니 집으로 불러 거기에서 공부를 마치게 되었다.

오막살이 초가집에 살던 그녀는 강릉 루사 태풍 때 쓸린 집을 밀어내고 군비와 딸들의 도움으로 콘크리트 양옥을 짓고 새로 살림 장만을 했다. 요즘 그녀에겐 세상에서 이런 호강은 없다고 생각하며 산다. 누구든지 만나면 "나는 저 집과 호주 딸이 해준 장롱이 아까워 죽지 못한다."고 할 정도이다.

그런데 베풂의 폭이 아주 넓다. 그녀의 집에 오는 사람들은 그냥 보냄 없이 무엇이든지 먹을 것을 주고 나누고 챙긴다. 미운 놈 고운 놈 없이 지나가는 우체부도 택배 꾼도 그냥 가게 두지 않는다. 많지는 않지만 문전옥답에서 나오는 농산물은 전량 딸들한테로 간다. 요즘은 호주 딸이 사다 준 안마의자를 정갈한 덮개로 덮어 놓고 이 동네에서 이런 의자가 있는 집은 우리뿐이라고 자랑한다. 살아오는 동안 집안 친척들이나 주위 사람들로부터 멸시를 받아왔던 것들이 한으로 남아 나를 만나기만 하면 억울하고 분했던 얘기들로 한풀이를 한다. 한번 비틀어지면 적대감도 대단하다. 구박둥이들이 잘살아 효도하며 각박한 이 세대에 아들들보다 부모봉양을 더 잘하는 딸들이 대견할 테다. 그 딸들은 마치 아들 없어 당한 엄마의 한풀이라도 하는 듯 하나같이 아들만 둘씩 두었다. 그 옛날 아들 둘에 딸 하나를 두고 유난히 괴롭히고 으스대던 그 자손들은 하나같이 제대로 가정을 이루지 못하고 사는 집을 빗대어 세상만사 새옹지마를 목청껏 구가하는 그녀다.

칠십 대 중반인 그녀와 팔십인 그녀의 남편은 집안에서 무엇이든 필요하면 딸들한테 말만 하면 해 보낸다는 믿음 속에 건강하게 살아가고 있다. 아무리 환경이 바뀌어도 천성이야 어디 가겠는가? 무식하기로 자로 재면 거기서 거기겠지만 필요한 글씨를 그녀보다 좀 더 안다고 듣지 못한다고 소리 지르고 무시하고 성깔부리는 남편을 향해 "내가 왜 병이 생긴 줄 아나? 저 지랄할 때마다 내 속이 다 타 병이 생겼지!" 한다. 남들에게도 무시를 당했지만 시집식구들과 남편에게서도 온갖 멸시를 은근히 받아가면서도 잘 참고 견뎌왔다. 하기야 큰소리를 질러야 알아들으니 습관이 될 수밖에 없다.

옛날과 비교하면 지금은 완전 공처가가 된 그녀의 남편이다. 딸들이 훈련을 시켜 모든 경제권도 그녀가 쥐고 심부름을 시키면 말도 잘 듣는 편이다. 그녀는 딸을 따라 보는 형상만의 여행이지만 외국 여행도 자주 다녔고 딸들 집에도 초대받아 자주 다니지만 자동차를 조금도 못 타는 그녀의 남편은 딸 다섯을 결혼시키면서 결혼식에 한 번도 참석하지 못했고 태어난 그 집에서 10Km 이상을 나가 보지 못했다.

그런 딸들은 맏이를 위시해서 위계질서가 철저하다. 더러는 아들 없고 똑 부러지지 못한 부모의 콤플렉스로 남들에게 무시당하는 일 있을까 봐 더욱 챙기는 면도 보인다. 그녀는 세 살 덜 먹은 나를 가끔은

저의 딸들 대열에 끼워 넣기도 한다. 가끔 시골집에 내려가 머무는 큰
집 조카며느리인 내가 무슨 일을 하며 어떻게 바쁘게 지내는지도 모른
다. 볼 때마다 왜 이렇게 집 잘 만들어 놓고 뭐하러 자꾸 가느냐 한다.
당신보다 농촌일이나 음식에 서투른 내가 어쩌다 색다른 음식으로 대
접하면 마치 딸들에게 하는 소리처럼 "요즘 아(애)들은 배워서 잘해!"
라고 한다. 오랜 노역으로 활처럼 휜 허리에 무릎 연골이 다 닳아 주기
적으로 진통제를 맞아가면서도 그 부지런함은 따를 자가 없다. 주위의
논둑이나 밭에 기를 쓰며 돋아나는 풀들을 제초제를 뿌리지 않고 손
으로 다 뽑으며 청정 농사를 짓는다. 그 부지런함에는 서슬 푸른 남편
도 꼼짝 못 하고 조금이라도 편하게 살려고 제초제를 뿌려대는 주위
사람들에게도 경종을 울리는 그녀다.

일근천하무난사(一勤天下無難事)
백인당중유태화(百忍堂中有泰和)

한번 부지런하면 천하에 어려운 일이 없고 백번 참을 줄 아는 가정
에는 큰 평화가 있다. 마치 그녀의 좌우명 같은 문구이다.

전통불한증막

양양 남애리에 한증막이 좋다기에 하루 갔었다. 첨성대처럼 쌓아 올린 막 하나가 있는데 아직 완공되지 않았는지 손님들은 많이 오는데 옷장도 없고 입장료도 바구니에 그냥 담아 넣어 주면 되었다. 담요 한 장씩 들고 이중 철문으로 되어있는 통로를 허리 굽혀 입실했다. 돌과 황토로 쌓아 올린 막의 열기가 숨 막히지도 않고 쾌적하면서 땀을 짜내는데 아주 몸이 가벼워짐을 느꼈다. 호감이 갔고 호기심이 발동했다. 이 작품의 작가를 찾기 시작했는데 마침 가까운 데서 조우했다.

일본에서 대학 강의를 했고 제법 구조적인 한증막 마니아였다. 가까운 곳에 내 집 땅이 있었지만 상 도의상 양보하고 영서지방에 하나 짓기로 했다. 자리를 물색하던 중 시내에서 좀 벗어나 있고 풍광이 좋고 지하수가 풍부해야 되는 조건인 곳을 물색해 드디어 찾았다.

홍천군 홍천읍 삼마치 2리 2천 평의 땅. 그곳은 바로 야트막하게 갈아앉은 논과 옆에 붙어있는 밭이었다. 논농사를 짓지 않아 풀밭이었고 바로 가운데 연못 같은 샘터가 있었다. 성큼성큼 걸어 들어가 한 가운데에 가부좌를 틀고 앞을 내다보니 나지막하고 아련하게 둘러앉은 산봉우리들과 겹겹이 쌓인 산줄기들이 그림 같고 내 몸에 기가 도는 듯 그렇게 평안할 수가 없었다.

바로 땅을 계약했다. 한증막을 짓자면 우선 물길을 찾아야 했다. 우리나라에서 수맥 잡기로 유명한 임응승 신부님을 불렀다. 결과는 무려 세 군데나 물줄기가 있는데 한 곳은 대중목욕탕을 운영해도 될 만큼의 양이 적재돼있는 수맥을 찾아냈다. 그다음 문제는 수질이다. 음용수로 적합한 판정을 받아야 했다. 환경청에 의뢰한 결과 1급 청정수로 판정이 나왔다. 이웃 사람들 말에 의하면 온 동네가 이 터전 물을 받아먹고 살았단다. 지하수 물 수량. 수질이 적합판정을 받았으니 기본은 해결되었다.

한증막 공사는 바로 시작되었다. 우선 낮게 앉은 땅은 메워 돋우어야 했다. 깎고 돋우고 해서 땅을 펼쳐놓으니 2천 평의 땅이 바다처럼 넓었다. 한증막과 휴게실을 분리해 공사를 해야 했다. 우선 한증막이 먼저 지어져야 연결해서 휴게실을 만들게 되었다. 돌이 충청도에서 속속 도착하고 황토가 산더미처럼 쌓였다. 왕소금 포대도 산적됐다. 막은 견치석과 내치석(구들돌)으로 되어있는데 원형 막 지름은 12m이고, 막의 벽 두께가 1.2m로써 돌 하나를 포클레인으로 쌓고 왕소금으로 이겨진 황토로 속을 다지고 한 층씩 한 층씩 올려 12m 높이까지 돔을 만들어 내는 작업이었다. 땅바닥을 깊이 2m로 파서 진흙 한 켜 왕소금 한 켜 해서 지하 원통을 만든 다음 돌과 진흙으로 성을 쌓아 올리는 작업이다.

이 작업을 하는 동안은 비를 맞지 말아야 한다. 그리고 날씨가 따뜻하면 황토에다 왕소금을 이겨 넣어 쌓아 올리기 때문에 다 올릴 때까지 살짝 얼릴 정도로 추운 온도가 제일 적당하다. 2월에 시작했으니 임시 지어 놓은 비닐 막사는 제법 추웠다. 그래도 그래야 좋은 작품이 나온다. 생전 처음 당해보는 건축일이라 그 세계를 전연 몰랐는데 공사는 녹록하지 않았다. 인부들이 고정적으로 잘 따라주지 않았다. 그리고 진도도 잘 맞춰지지 않았다. 숙달되지 않은 일군들의 솜씨는 공사를 중단시키기도 했다. 마침 남편은 현직에 근무하기 때문에 내가 관리 감독을 해야 했다. 평소 인간관계의 폭이 넓고 용의주도하고 책임감과 합리적인 사고를 가진 남동생에게 관리감독을 맡기기는 했지만 그들의 일거수일투족을 찾아 짚어 내기에는 다른 일들이 많아 함께 나서지 않을 수 없었다. 주인이 지키지 않으면 적당히 넘어가려는 속성을 간파하고 공사장을 떠날 수 없었다.

지금 짓고 있는 이 한증막은 동양 최대 크기의 막으로 제작 시범 케이스에 속한다. 우여곡절 끝에 막 두 개가 우뚝 섰다. 이제부터는 공사를 평창목재가 맡아 휴게실 건축에 들어갔다. 두 개의 막에 이어 붙여 지어야 한다. 이 한증막의 구상은 자연과 인공이 합을 이룬 힐링과 치유의 터전으로 시작되었다. 해발 400m의 높은 터는 지명도 순수 우리말로 불려지고 온도 차이도 2~3° 차이가 나는 청정한 곳이다. T.V는 KBS1만 나오고 휴대폰도 작동하지 않고 길도 이곳까지는 비포장으로 시내버스가 하루 세 번 드나드는 곳으로 큰길에서 공사장까지의 길은 협소하기 이를 데 없었다.

주위의 풍광에 맞게 통나무로 휴게실을 선택했다. 재목들이 속속 도착하고 철근으로 2층 뼈대를 세웠다. 그리고는 모든 재료는 나무와 흙으로 공해 없는 치유의 집을 지었다. 하루라도 공기를 단축해 5월쯤 개업을 꿈꾸고 있었는데 공사판은 너무도 한가로웠다. 긴긴 하루해에 6시만 되면 연장을 챙겨 퇴근하고 비 오면 비 와서 못하고 목재소 사장이 안식교 인이라 토요일은 무조건 휴일이다. 어느 날은 비도 눈도 토요일도 아닌데 자재가 없다며 며칠은 공칠 때면 텅 빈 산 속 고요한 공사장에서 나무기둥을 어루만지며 남동생과 함께 답답해하기도 했다.

이 사람들은 약속과 믿음이라는 단어가 필요 없는 세계였다. 목수들이 손재주는 배워 익힌 대로 능숙한데 머리는 안 돌아갔다. 문을 하나 달아도 왼쪽으로 달아야 하는지 오른쪽으로 달아야 하는지 생각이 없이 했다. 바로 잡아주면 웃을 뿐이다. 전깃불이 아직 연결되지 않은 공사장에서 늦은 저녁 하루 공사를 마무리할 때는 모닥불을 피워놓고 그 불빛 아래 정리를 하고 떠나오기도 했다. 휴게실 공사는 진행되고 먼저 지어놓은 한증막은 날마다 불을 때어 진흙으로 젖어 있는 막을 말려야 한다. 동네 이장님을 채용하여 날마다 불을 때게 했는데 제대로 확확 때야 함에도 조금씩 때어 호루루 타게 하고 재도 치우지 않고 두어 부인이 대신 마무리 해주며 봉급은 그대로 받아갔다. 모든 것 하나하나가 다 그동안 우리가 살아온 세상과 너무도 달라 상처가 크고 불신이 많이 쌓여가는 시기였다. 어쩌랴! 대책이 없는 것을…. 5월에 오픈하려던 공사는 그해 10월에야 끝났다. 공사를 끝내고 처음 건물과 주위에 전깃불을 켜던 그 날은 이 산골짝 높은 터가 천지개벽을 하던 날이다. 캄캄하여 오직 하늘의 달과 별빛만 있던 이곳에 일제히 등의 불을 밝히니 향긋한 통나무 휴게실이 황홀했다.

우리는 모두 환성을 질렀다. 눈물이 핑 돌았다. 1층은 매표소와 사물함장, 홀과 여자탈의실, 샤워실, 화장실, 한증막으로 통하는 마루방, 매점, 휴게실 앞에 탁 트인 테라스에 2층으로 오르는 나무계단과 이층 휴게실, 남자 탈의실, 샤워실과 방, 식당, 테라스. 명물로 우뚝 선 두 개의 한증막은 너무도 우람하고 아름다웠다. 계획했던 공기도 너무 길었고 이런 세상에 전연 발 들여 놓아 본 적 없는 문외한들에게는 시행착오와 속임수로 비용도 몇 배가 더 들어갔다. 어느 풍수지리꾼이 좌청룡 우백호의 터전으로 출입구나 문 배치들이 다 제자리에 배치되었다는 극찬을 해 주었다. 그냥 내 안목으로 배치된 곳들인데….

2002년 10월 17일. 홍천 전통 불 한증막은 홍천성당 신부님과 수녀님의 축성으로 사업이 시작되었다. 돌과 흙과 왕소금으로 만들어진 돔형의 한증막 안에는 시골 할아버지들에게 의뢰해 짚으로 만들어진 지름 12m의 원형 멍석이 빛을 내며 깔려있다. 소나무만으로 약 3시간씩 불을 피워 막에 열을 낸 후 재를 걷어내고 멍석을 깔아 물을 뿌리고 막 상부에 열을 축적한 뒤 들어가 체온을 조절해서 땀과 열로 노폐물을 배출해서 몸을 가볍게 하는 치유의 막이다.

이 높은 터에 명물 한증막이 생겼다는 소식을 들은 SBS에서 취재하러 왔다. 나래이션을 내가 하며 40분 동안 촬영했다. 불 때는 상황까지 한증막 속속들이 취재가 되었다. 운영방법은 식당과 매점은 다 떼어주고 우린 입장료만 관리했고 불 때는 화부들은 세 명이나 두었다. 그리고 유니폼, 타올, 빨래와 청소는 따로 사람을 두었다. 사업을 해 본 사람들은 우리를 자선 사업하느냐며 이렇게 대책 없이 하는 사업들 처음 본단다.

처음 한 열흘 동안은 손님이 없었다. 통소나무만 때야 하는 일이니 나무 구하는 일도 쉽지는 않았다. 마침 친정 아버님이 나무 계통의 판로를 잘 알고 계셨기에 바로바로 공수해 주셔서 쉽게 대처했다. 공불만 때기 한 달쯤 손님이 몰려오기 시작했다. 조금 산 쪽으로 들어앉았기는 했지만 서울에서 영동지방으로 가는 길목에 또 유명한 양지말 화로숯불구이촌이 들어오는 입구라 오며 가며 들리기도 했다.

한번 왔던 손님이 입소문을 내어 옛날 6.25 사변 때 피난처로 삼았던 이 골짜기에 값진 승용차들이 줄을 섰다. 실은 마을 사람들은 호시탐탐 문제를 만들어 시비를 걸곤 했었다. 동네 마을회관에 희사도 했지만 이 오지마을에 우리 사업체를 빌려 비포장도로도 끝까지 홍천군에서 아스팔트로 깔아주었고 채널 하나만 나오던 T.V 채널도 스카이 라이프를 끌어와 채널마다 나오게 됐고 무엇보다도 휴대폰 안테나 기지국을 세워 모두 휴대폰을 사용하게 되었으며 손님들이 왔다가 돌아갈 땐 농산물도 팔아주고 하니 입이 쏙 들어갔다.

어디 그뿐인가 유명한 사람들이 많이 내왕해서 높은 터의 위상을 세워주니 이전에는 이곳 사람들이 홍천 어디에 사느냐고 하면 머뭇거리고 말을 못했는데 요즘에는 누가 묻기도 전에 높은 터에 산다고 한단다. 땅값도 판도가 달라졌고 더군다나 목욕탕 한번 가자면 시내버스를 타고 내려 시내로 가야했고 아니면 시골에서 적당히 샤워만 하고 살다가 마을 사람들에게는 입장료 반값만 내고 좋은 시설에 한증까지 하고 목욕을 하니 이런 특혜가 어디 있을까. 우리 한증막에 오시는 수도자, 성직자는 입장료를 받지 않기로 결정했더니 매주 월요일이 휴일인 목사님들이 그동안 쌓인 피로를 한증막에서 푸신다고 단체로 오셨다.

그냥 오기는 부담이 돼서 편하게 다닐 수 없으니 반값이라도 내게 해 달라고 사정하여 그렇게 하기로 했다. 스님들은 반기시며 그냥 하고, 신부님들은 신분을 밝히지 않으신다. 군인들도 반액이다. 주로 서울과 분당에서는 단골로 주말만 되면 아예 1박 2일이고 전라도 광주 제주도 경상도 팔도에서 특히 한증막이 지어졌다 하면 순례처럼 와 좋으면 단골로 삼는다고 한다.

이곳 홍천은 군부대가 많은지라 입소하고 출소하고 면회하러 오는 부모님들의 아지트도 되었다. 깊은 산 속 한증막 풍광은 막에 들어가 원적외선을 듬뿍 받고 나와 테라스 마루 의자에 앉으면 앞 산 봉우리와 겹쳐진 골짜기 포기 포기마다 습기 찬 날이면 운무가 피어올라 비경을 연출한다. 환경에 맞게 뜰 밑으로 심어놓은 반송 옆에다 해바라기, 백일홍, 작약, 백합으로 꽃밭을 만들어 놓았더니 바쁜 세상 일상에서 벗어나 가까이 하고 보니 유년의 그 시절도 냉큼 여유를 떨며 다가갔을 것이다. 자연 그대로의 병풍처럼 둘러쳐진 야트막한 산세도 마음을 평안하게 해 주었을 것이다. 냉커피 한 잔 타들고 불어오는 자연 산바람에 달디단 공기와 새소리 들리는데 천국이 따로 없단다. 이런 집을 지어줘서 고맙다는 인사까지 한다. 이곳 한증막은 사람이 먹는 1급수 생수로 목욕까지 하는 곳이다. 저녁에 들어오는 손님들을 위해 휴게실을 아주 따뜻하게 해준다. 아침을 여는 7시쯤에는 특별히 주문한 CD로 새소리 물소리가 어우러지는 음악을 아주 감미롭게 틀어준다.

낮에도 음악에 조예가 깊고 좋은 곡을 많이 가지고 있는 친구에게 특별히 주문한 음악들을 선곡하여 분위기에 맞게 틀어주면 어느 손님이 말했다. 한증막에 들어앉아 음악을 듣노라면 가슴이 뛴다고 했다.

그리고 눈물이 난다고 했다. 가족들, 친구들, 연인들, 각양각색의 손님들은 한증을 즐기고 따끈따끈한 휴게실에 발 디딜 틈 없이 누워 쉬기도 하고 잠들기도 한다. 바닥은 따뜻했지만 취침 시간이 지나 자정쯤이면 나는 일일이 베개와 이불을 고쳐 덮어주고 빛이 수면을 방해하는지도 점검해주고 쾌적한 밤을 관리해준다. 소문은 소문을 낳아 높은터의 산골길은 외부손님들의 차량으로 시내를 방불케 했다. 한겨울에 눈이 내리면 그 정경은 대단했다. 풍경에 취해 강원도에서 도지사, 시장을 하셨던 사모님들이 계획에 없었던 1박2일을 한 적도 있다. 큰 길에서 들어오는 길의 폭이 좁아 눈길에 오 가다가 미끄러져 직원들이 끌어 올린 적도 많아 혼이 나서 다시는 안 오리라 했지만 아랑곳 않고 찾아 주었다. 유명한 탈렌트 이병헌의 부모님과 동생도 단골이어서 왔었고 어느 날 손님이 탈렌트 박혜숙 씨와 똑 닮은 사람이 있다고 해 찾아보니 바로 그분을 보고 닮았다고 했던 해프닝도 있었다.

"반갑습니다" 가수는 춘천에서 성형외과를 하는 남편과 주말마다 찾았고 군 사단장님들도 역대 경찰청장님들도 쌓인 피로를 이곳에 와서 풀었다. 어느 경찰청장님은 부산으로 이동 발령을 받으셨는데 이사하는 그날 이삿짐을 싣고 들러 마지막 한증을 하고 떠났다. 오토바이 동호회원들이 몇 십 대씩 오토바이를 타고 입성할 때는 구경꾼들도 모였었다. 어느 철학관 관장님은 겨드랑이에 혹 때문에 온갖 병원과 일본까지 수술하려고 다녀봤지만 수술할 수 있는 부위가 아니라서 못한다는 통첩을 받았는데 혹시나 하고 우리 한증막에 저녁마다 와서 막의 원적외선을 쬐었더니 그 혹이 녹아 없어졌다고 했다. 그분은 그 후 자기 비용으로 우리 한증막 팜플렛을 우편으로 일본까지 보내기도 했다. 각종 환자도 치유사례를 많이 털어놓았다. 분당의 여고생은 아토피 피부로 고생하다가 부모를 따라 이곳에 다니다가 병이 나아 아주 이곳 홍천여고로 전학을 하여 주말마다 이곳에 와 숙식하기도 했다. 그럴 때마다 나는 사업을 떠나 보람을 느끼며 마음 뿌듯하기 이를 데 없었다. 이 사업을 운영하면서 인간 공부도 많이 했다. 어느 날은 쉬는 날이라 한가롭게 정리를 하고 있는데 한 젊은 여인이 찾아왔다. 쉬는 날이라고 하니 하룻밤 자고 가게 해 달라고 한다. 양구에 살고 있는 어느 군인의 아내이며 두 아이가 있는데 가출을 한 것이다. 먹여주고 재워주며 설득했다. 이유 여하를 막론하고 여기서 쉬고 싶은 만큼 쉬고 바로 집으로 가 다음에 올 때는 네 식구가 함께 오라고 했더니 그 후 정말로 가족을 다 데리고 왔었다. 친정집처럼 반겨 맞아 주었다. 어느 중년 남성은 애인을 데리고 왔다가 부인의 지인에게 들켜버린 해프닝도 있었다.

외국인들도 많이 온다. 특히 독일인들은 타올을 두 장씩 주면 꼭 반환을 했다. 그리고 공동생활의 매너도 돋보인다. 쓰레기이며 음식물 찌꺼기이며 마구 버리고 타올 두 장이 모자라 더 달라는 사람들 틈에서 국민성을 생각하게 했다. 어떤 사람은 우리 화부를 꼬드겨 데려가기도 했는데 갔다가 울며 도로 돌아오기도 했다. 빨래 관리하는 아줌마의 양심에 따라 손님들이 입었던 까운 주머니의 현금이 고스란히 카운터에 반납되기도 하고 틀림없이 확신하는데도 잡아뗄 때는 난감하기 이를 데 없었다. 소문은 점점 퍼지고 어떤 땐 옷장이 모자라 바구니로 대처했고 까운과 타올을 미처 말리지 못해 선풍기로 밤샘을 하며 말리기도 했다. 정말 대박이었다.

어느 날 초겨울 밤이었다. 청정한 높은 터 밤하늘은 별들이 쏟아졌다. 갑자기 밖에서 "악!"하는 소리가 카운터에 들려왔다. 깜짝 놀라 뛰쳐나가니 젊은 남자 손님 서너 명이 있었다. "이제 소리 지르신 분들이냐?" 물으니 그렇단다. "왜?"라고 물으니 "도대체 이런 곳에다 이런 것을 만들어 놓은 분들은 한 수 위인 분인가요? 아니면 모자라는 분들인가요?"하며 마구 후득후득 떨어질 듯한 별 하늘을 향해 소리를 또 지른다. 함께 웃고는 들어왔지만 내가 생각해도 그랬다. 이 무모한 행위, 세상 물정을 너무도 몰라서 용감했던 사업장 이건 우리의 힘이 아니었다. 분명 신의 가호였다. 특별한 막의 구조와 효험으로 이처럼 성공을 거두었다. 사람들은 욕심이 생겼다. 남의 집이 잘되는 것을 보면 자기도 하면 될 것 같아 우후죽순으로 지어대기 시작했다 가깝게 또는 멀리. 구조는 전연 다르면서 드나들기 쉬운 장소에다가. 이렇게 유명한 곳이 되기까지는 얼마나 많은 수고와 투자와 위험과 걱정을 안고 살아왔음을 모른다. 불 때는 나무 구하기, 갑작스런 화부들의 들락거림, 항상 화재의 위험을 안고 24시간 오픈하는 일손관리는 돈을 넘어 위기관리의 연속이 아닐 수 없었다. 체력에 한계가 있고 우후죽순처럼 지어대는 소위 한증막이 아니라 찜질방들 때문에 손님들은 다소 떨어지기 시작했다. 한증막의 원리를 아는 분들은 멀더라도 끝까지 찾아들고 그냥 땀내는 정도의 찜질방족들은 가까운 곳으로 찾아들었다. 결과적으로 그 난무하는 찜질방들이 먼저 문을 닫기 시작하였다.

그즈음 우리도 지쳐갔다. 아니다 싶어 한증막을 내어놓았다. 한창일 때 팔라고 보채는 분들이 몇 분 있었다. 그분들은 수시로 다니며 모든 조건을 세세하게 파악하며 다니기도 했다. 마침 단골로 다니던 서울교회 장로님이 교회의 연수원 기능도 계획하고 두 부부가 원체 한증막을 즐기고 그 원리를 남들보다 더 깊이 아는 분들이라 인수하기로 했다. 꼭 오픈한 지 7년 되던 해 나의 꿈과 애착으로 우뚝 선 홍천 전통 불한증막의 시대를 마감했다. 무수하고 다양하고 귀한 사람들과의 인연의 끈도 엮었지만 시시각각 위험소지를 안았던 사업 기간 동안 큰 사고 없이 운영할 수 있었음은 생명과 인격을 중시하며 과욕 없는 베풂의 미학과 종사한 직원들의 힘과 노력도 있었지만 신의 보살핌 없이는 절대 불가능한 일이었음을 고백한다.

화부들

해발 사백오십 고지. 산속 전통 한증막 굴뚝에서 오늘도 통나무 휴게실에 소나무 향을 뿌리면서 재래식 아궁이에 피어오르던 그 고향의 맛을 하얗게 뿜어내고 있다. 전통 불 한증막의 효율은 바로 불 때기의 척도에 따라 그 진가를 평한다 해도 과언이 아니다. 나무의 양과 습도, 시간, 굵기, 종류에 따라 내는 열의 차이가 다르기 때문이다. 하여, 불 때는 화부의 역할이 아주 커서 선택에 신중해야 한다. 더불어 이 직업은 때로는 고도의 힘과 인내를 요구하기도 한다. 한여름엔 글자 그대로 지옥이라고도 하겠다. 그러나 이열치열이라고 흠뻑 땀 흘린 뒤에 샘물에 몸을 씻고 불어오는 산바람에 몸을 맡겼을 때의 청량함이란 겪어보지 못하면 그 맛을 모른다.

겨울철엔 저절로 불길 옆으로 찾아들며 그야말로 누이 좋고 매부 좋고 도랑치고 가재잡고 님도 보고 뽕도 따는 알토란같은 순간도 향유한다. 작업환경이 원적외선을 발산하는 원리들로 구성되어 있어 인체에 전혀 공해를 받지 않는 일이라 힘은 좀 들어도 금방 몸이 거뜬해진다. 그동안 거쳐 간 화부들의 면면을 한번 들춰보고 싶었다. 너무도 특색 있는 사람들의 인간상을 경험하면서 오픈과 함께 맞이한 화부는 세 명이나 된다. 두 분은 친척이고 한 분 역시 친분이 있는 분인데 그중에 제일 좌장격인 윤 씨와 마침 할 일 없던 사촌 시동생과 여섯 식구를 부양해야 하는 권 씨가 팀을 이루었다. 실은 둘만 해도 할 수 있는 작업량이었지만 벌어먹기 어려운 세상에 함께 먹고 살아야 될 사람들이라 다 쓰기로 했다. 좌장 윤 씨는 매사가 철두철미하시고 지혜와 책임감이 있어 믿고 맡길 수 있었다. 한증막 내외 일들을 자기 일처럼 챙겨 주었고 대신 오후엔 퇴근하는데 칼같이 자기 시간을 찾아 먹는다. 그 이후의 대타는 권 씨다. 이 이는 몸이 아주 날렵해서 손님들과 친화도 잘 이루고 막이 건조하면 물도 뿌려주고 손님들이 막에 들고날 때 문지기도 해주며 분위기 조성을 해주는 재주를 가졌다. 타고 남은 숯으로 화덕에 불을 피워 솔 숯으로 삼겹살 구이 파티도 하게 만들어주곤 했다. 원래 직업은 심마니인데 그 산삼 캐던 솜씨로 봄나물 철엔 산에 올라 각종 나물과 약초를 캐와 온 집안이 나물잔치도 벌이곤 했다.

하루는 여기 산골짜기라고 방심하고 음주운전 하다가 비탈을 들이박고는 차 속에서 만취한 채 그냥 자다가 순찰기동대에 걸려 면허정지 먹고 강릉 자기 집 갈 때는 버스로 다니기도 했다. 술을 아주 좋아했다. 사촌 시동생은 힘쓰는 일은 잘 못 하고 자질구레한 일들은 꼼꼼히 해내는 편인데 우리가 자리를 비우는 날엔 누가 알아주지도 않는 주인 행세를 매점이나 식당에게 하려 드니 식구들과 마찰을 일으켜 주의를 받기도 했고 가끔 구하기 힘든 멍석을 태워 둘둘 말아 처마 밑에 처박아두기도 했다. 이렇게 팀웍이 이루어져 든든하고 잘 나가다가 그분들 신상에 변고가 생기면 비상이 내린다. 좌장 윤 씨가 탈이 났다. 원래 고혈압 환자였다가 이상 증후군이 생겨 그만두었다. 하는 수 없이 둘이 하다가 늦여름쯤 영래 씨가 산삼 캐러 또 떠났다. 일호 비상이 걸렸다. 매점을 운영하는 중선이와 이쁜이(?)가 바람 좀 쐬고 오겠다며 동면에 있는 수타사로 차를 달리는데 어떤 아저씨가 양팔을 벌리고 차를 가로 막더란다. 급브레이크를 하고 사정을 물으니 "나 지금 갈 곳이 없으니 나 좀 어디든지 데려가 달라"고 하더라며 사람을 데리고 왔다. 이런 경우를 들어 안성마춤이라고 하는 모양이다.

그날로 채용하였는데 예삿일이 아니었다. 이름은 이재강. 홀몸으로 사는 이가 살림살이가 트럭으로 한 대고 진돗개 한 마리와 개집까지 날라왔다. 어쩌랴! 당장 궁한데…. 첫날 아침부터 열심히 배웠다. 그동안 여럿이 있었지만 주차장이나 주변 쓰레기를 잘 처리하는 모습을 못 보았는데 집게와 봉투를 들고 묵었던 쓰레기들을 말끔히 처리해주었다. 먼저 있었던 집은 농사짓는 집인데 밥을 많이 안 주어 늘 배고팠다며 계속 밥을 두 공기씩 먹었다. 전 주인은 우리 보고 나쁜 버릇은 없는데 얼마나 박혀있을지는 모를 일이라고 했다. 하는 짓이 다소 산만하나 시키는 일은 거뜬히 해낸다.

어느 날 명견들의 격투가 벌어졌다. 우리집 풍산개가 이 씨가 데리고 온 진돗개를 아웃시켜 버렸다. 좀 사나운 편이어서 평소에 메어있던 풍돌이를 집적거리며 약을 올렸는데 풀려난 풍돌이가 복수를 한 것이다. 진돗개 귀가 찢어졌다. 이씨가 귀를 잡고 목놓아 울고 있다. 혈혈단신으로 그놈을 자식처럼 식구처럼 기르며 보살폈는데 얼마나 마음이 아팠으면 저렇게 어린애처럼 울까, 황당하기까지 했다. 우는 이씨를 달래고 치료해주고 풍돌이는 줄에 매여 장기근신에 들어갔다. 그 후부터 이씨는 눈을 피해가며 은근히 풍돌이를 구박하기 시작했다. 이씨로부터 동물에 대한 진정한 사랑을 배웠다.

하루는 한증막 안에 불을 지르는데 문들을 완벽하게 차단시키고 일을 해야 됨에도 덜렁대다 하마터면 불길이 내부로 밀려와 큰불이 날 뻔도 했다. 누가 묻지도 않았는데도 난 절대로 다른 곳에는 안 갈 거라고 한 육 개월 정도 노래를 부르더니 어느 날 드나들던 손님의 꼬드김에 빠져 나가버렸다. 나간 지 한 달도 못 되어 찾아와 사람대접해준 우리를 배신했다며 용서를 빌었다. 사촌 시동생이 그나마 응급 구원 타자로 버티었다.

이번엔 단골손님으로 드나들던 손님이 자기 동생을 소개한다. 역시 홀몸으로 아주 차분하고 말이 없으며 성실한 사람이었다. 한 이년을 근실하게 보내며 돈도 모았다. 이곳에 살면 돈 쓸 일이 없다. 먹여주고 재워주고 입혀주니 월급은 꼬박 저금으로 들어간다. 손님 농간에 이 양반 또 걸렸다. 여자를 소개해 준 것이다. 그런데 건강하지 못한 사람을 붙여 준 것이다. 알토란같이 모아두었던 돈 여자한테 다 들어갔고 더 험한 일을 해서 많이 벌어야 한다며 막일 공사판으로 뛰어나갔다. 그가 나가고 미처 문도 닫기 전에 이곳을 가끔 드나들던 지압사가 들어서며 혹시 사람 하나 쓰지 않겠느냐 한다. 마치 두 사람이 짜고 하는 양, 오실 분은 부양가족이 있으면서 여기저기 떠돌아다니는 사람인데 힘이 좋아 무슨 일이든 잘 해 낼 것이란다. 급한데 더운밥 찬밥 가릴 처지 아니잖은가. 이 사람은 또 어떤 모습을 보여 줄까? 궁금하기까지 했다. 다혈질이었다. 소개한 대로 힘이 좋았다. 제멋대로여서 시키는 대로 하지 않는 것은 물론 식당과 매점하고 마찰을 일으켰다. 제하기 싫은 일은 꿈쩍 않고 휑하니 외출도 잦았다. 외박하는 날엔 행여 아침 불 때는 시간에 대어오지 않을까 봐 걱정이 생기게도 했던 인물인데 어느 날 대수롭지 않은 일로 식식거리더니 온다간다 말도 없이 훌쩍 떠나버렸다. 월급도 안 챙긴 채…. 민망해서 들어오지도 못해 통장으로 월급을 보내 주었다. 긴급 알림방을 통해 민씨가 선택됐다. 겉은 차분한데 겪어봐야 알 것이다.

영동지방에서 일하고 있다는 부인이 남편 확인차 왔는데 많은 손님의 이목도 의식 않고 애정행각을 벌리며 닭살 짓을 해 남편을 곤란하게 했다. 민 씨는 힘들게 입을 열어 고백했다. 부인이 의처증 환자라고…. 결국 못 견디고 떠나갔다. 그런데 사람들을 써보니 하나에 충실하게 적응을 못 하면 어디에 가든 무엇을 하든 결국은 못 견디고 여기저기 돌아다니는 떠돌이 신세를 면치 못하는 것 같았다. 바야흐로 우리 한증막 화부연대가 연변 아저씨를 맞이하게 되었다. 오십 대 후반의 깡마른 체구에 예의 깍듯하고 위아래 앉을 자리 설 자리 정확히 알고 너무 반듯한 사람을 맞게 되었다. 하나를 알면 열을 안다고 했던가. 입도 무거웠다. 말 물어내는 화부나 고용인들 때문에 곤란을 겪기도 했는데 할 말만 하고 짜증 내는 일이 한 번도 없이 항상 웃는 얼굴이다.

사람을 많이 거치다 보니 이런 사람도 맞을 때가 있는가 싶다. 무엇이든 해주고 싶은 마음이 드는 분이다. 지혜롭고 영리하기까지 해 일을 짜임새 있게 해내고 능률적으로 할 줄 알아 맡기면 안심이 되기까지 했다. 연변에 식구들을 두고 작심하고 돈 벌러 온 분이다. 휴가를 찾아 쓰래도 그냥 가만히 있으면 뭐하느냐며 한사코 사양한다. 멍석이 귀한 걸 알아채고는 먼저 화부들이 태워 처박아두었던 것을 끄집어내 탄 자리는 도려내고 성한 곳은 활용해 쓰는 알뜰함까지 보여 주었다. 피붙이들도 못 한 덕을 나누는 그는 우리 부부의 총애를 한 몸에 받고 뿌린 대로의 배려에 주인의 보답을 받으며 오늘도 열심히 살아가고 있다. 세상 모두 제 하기 나름이다. 화부들이 기거하는 방엔 항상 찌든 담배 냄새로 문을 열기 싫었는데 연변 아저씨가 온 후론 악취는 사라지고 나무집의 본래 나무 냄새를 되찾았다. 무수한 사람들을 만나고 보내면서 알지 못했던 아니, 알 수 없었던 인간 공부를 아주 많이 할 수 있었음은 남다른 삶의 흔적이 아닐 수 없다. 또한 다시 한 번 말하고 싶은 것은 직업에 귀천은 없다는 것이다. 어떤 마음 자세로 살아가느냐가 문제이다. 언제 어디서나 얼마만큼 성실하고 즐겁게 자기에게 주어진 임무를 수행하며 인생의 목표를 향해 도전하는 자만이 삶을 정복하고 차지하는 것이 아닐까 싶다.

연변 아저씨가 온 후론 신뢰와 믿음이 되살아났다. 물론 눈에 보이는 모든 것들의 수확도 중요하지만 쉬 볼 수 없는 인간의 신뢰와 믿음은 너무도 귀한 것이다. 제법 거쳐 간 화부들에게서 받았던 배신과 실망을 마치 대변해서 씻어주려는 듯 오늘도 얼굴엔 구슬땀이 송글송글 영글어간다.

감자 농사

봄날의 초록에 눈물이 날 때쯤이면 휘파람새 소쩍새가 그리움을 노래한다. 한여름 소낙비 쏟아낸 후 겹으로 싸인 골짜기마다 운무 피어오르면서 산수화를 그리고, 메밀꽃이 푸른 하늘을 손짓하면 무서리 내린 배추밭엔 겨울 꿈이 익어 가는 해발 사백 고지 이곳 〈높은터〉, 한때 우리가 운영했던 한증막 마당 옆엔 감자밭이 하나 붙어 있다.

그 밭 주인은 언덕배기 아래에서 구순이 넘은 할머니를 모시고 사는 노총각이다. 그 노총각은 제대로 바른 농사 한번 짓지 않으면서 경계선을 침범했다고 툭하면 시비를 걸어오곤 했다. 그러던 중 작년 뻐꾸기가 유난히 많이 울던 봄날, 그 할머니의 상여가 마을을 떠나갔다. 할머니의 체온이 식어가기 무섭게 노총각은 외출이 잦아지더니 급기야는 내게 그 감자밭을 내놓았다. 그러잖아도 눈엣가시 같던 밭을 두말없이 사버렸다. 사백여 평이 되는 그 밭은 토양이 아주 좋고 또 약간 사래진 밭 허리춤에 서서 내려다보면 풍광도 제법 근사한 곳이다. 그토록 눈에 가시 같더니 내 소유가 되고 그 땅에다 농작물을 심을 생각을 하니 흙 한 덩이 돌 하나도 그렇게 귀하고 사랑스러울 수 없었다. 때마침 이곳 마을 분교를 임대해 '포테이토밸리 연구소'를 개소한 K대학교 임 박사가 특용 감자 씨를 줄 테니 한번 심어보라고 권유해 설레는 마음으로 감자를 심기로 했다.

그런데 문제는 겨우내 굳어있던 밭을 갈아엎고 멀칭(밭이랑 만들고 비닐 덮는 일)을 해야 하는데 손 쟁기만으로는 도저히 할 수 없는 일이다. 어쩔 수 없이 밭갈이 기계가 있는 집에 부탁해야 하는데 농사철이 되면 농촌 사람들은 일손이 딸려 밤까지 일해도 못다 할 지경이다. 부탁도 못 하고 망설이는 동안 다른 감자밭들은 모두 감자심기를 끝내고 있었다.

용기를 내어 젊은 이장에게 부탁했더니 예상대로 시간을 내기 어렵단다. 아! 이젠 감자 농사의 부푼 꿈은 깨어지나 보다. 다소 섭섭한 마음을 가슴에 구겨 넣고 손도 못 댄 밭을 딱하게 바라보기만 하기를 한 달쯤, 다른 감자밭에서는 순이 제법 검푸를 무렵이다. 밭 귀퉁이에서 갑자기 농기계 소리가 귀청을 때린다. 깜짝 놀라 뛰어나갔더니 젊은 이장님이 밭갈이 기계를 들이대고 밭을 갈기 시작했다. 내 부탁을 간직하고 있다가 막간을 이용해 챙기는가 본다. 난, 마치 가뭄 속에 단비를 맞는 듯 부리나케 얼음이 둥둥 뜨는 감식초를 제일 큰 컵에다 꾹 꾹 눌러 타가지고 나갔다. 농사일에 치여 눈이 퀭해진 이장님께 대접하고 농기계 기름값을 주머니에 넣어 주었더니 오전 중에 마무리를 해주고 갔다. 거칠고 어둡던 밭은 마사토를 발칵 뒤집어 고르게 다듬어 놓으니 마치 산뜻하게 이발을 하고 나선 미남 같았다. 당장 그날로 전 식구가 출동해서 감자를 심기 시작했다. 생전 처음 해보는 감자 농사라 이웃 할머니께 방법을 물었더니 감자 씨를 긴 손가락 두 마디 정도의 깊이로 묻으라고 했다.

그런데 감자 심는 기구를 사 온 남편은 그 기구가 찍어내는 깊이만큼 심어야 된다고 우겼다. 내가 보기엔 그 기구의 길이는 할머니가 일러준 길이보다 세배는 길었으니 서로 티격태격할 수밖에 없는 노릇이었다. 초보자들은 저마다 박사인 채 저녁 해가 넘어가기 전에 마무리했다. 꼭 한 달이 늦은 파종인 셈이다. 늦둥이 감자를 심어놓고 만나는 지인마다 올해는 내가 감자 책임진다고 큰소리를 쳐놓았다. 감자 파종 후 난 감자밭 출입이 잦아졌다. 심어놓은 감자가 행여 흙이 너무 깊고 두꺼워 싹트기 힘들까 봐 흙을 쓸어내 주기도 하며 빨리 싹트기를 채근했다. 그로부터 약 20여 일이 되었을 때 여기저기서 싹이 트기 시작했다. 얼마나 반갑던지 어떤 놈은 멀칭 속에서 제 길을 찾지 못해 짓눌러 있기도 했다. 하나하나 손으로 일으켜 세워 밖으로 몸체를 내놓아 주었더니 비 한번 쏟아진 후 일제히 밭을 푸른색으로 수를 놓았다. 이렇게 대견할 수가 있을까.

감자 순이 제법 자라자 밭고랑에는 풀이 나기 시작했다. 감자 순보다 더 빠른 속도로 자란다. 풀을 그냥 두면 감자 영양분을 흡수해버릴 것 같아 해가 뉘엿해지면 밭고랑에 앉아 풀을 뽑기 시작했다. 어느 것 하나 그냥 얻어지는 것은 없다. 장갑을 끼긴 했지만 노출된 팔뚝은 풀에 할퀴어 근질거리기도 했다. 이마엔 땀방울이 맺혔고 무릎도 당겨왔지만 가슴 속의 풍요와 희열은 셈을 할 수 없었다. 지나가던 이웃 아저씨가 빙그레 웃는다. 그 웃음의 의미를 난, 얼른 눈치챌 수 있었다. 농사 축에도 못 낄 자그마한 밭에 나와 앉아 살다시피 하는 모습이 꼴 사납기도 하고 한편으론 자신들이 업으로 삼는 농사일을 즐기는 모습이 신통하기도 하다는 의미일 것이다. 실은 늦은 파종이 못내 걸리던 차 기회다 싶어 큰소리로 물었다.

"아저씨! 늦게 심어도 감자는 달리지요?" 했더니 "걱정 말아요! 다 달려요" 하며 안심시킨다.

지금 우리의 농산물은 거의 약을 쳐서 짓고 있다. 벌레 먹지 말라고 농약치고 풀이 자라면 가차 없이 제초제가 뿌려진다. 심지어 농산물 모양까지 약품에 의해 만들어지는 세상이다. 내 손으로 직접 기르지 않으면 무공해 농산물은 얻기 힘들다. 내친김에 난 무공해 청정농사를 한번 지어보고 싶었다. 정성껏 손으로 풀을 뽑아 화단처럼 가지런한 감자밭에서 드디어 꽃이 피기 시작했다. 세 가지 품종을 심었는데 자주감자에서는 자주 꽃이 피었고 다른 두 품종에서는 흰 꽃이 피었다. 감자 꽃이 이렇게 예쁜 줄 미처 몰랐다. 이렇게 가깝게 마주한 적이 없이 그저 멀리서만 바라보았기 때문이리라. 너무나 사랑스러워서 화분에 옮겨 심고 싶었다. 일찍 심은 다른 밭에서는 감자 캐기가 거의 끝날 무렵, 얼마만큼 자랐을까 궁금해서 견딜 수가 없었다. 밭으로 나가 감자가 영글면 순이 늘어진다는 상식은 들어 알아 그중에서 제일 많이 시들어진 감자 순 한 포기를 뽑았다.

굵기를 바라지는 않았지만 어느 정도의 열매는 맺혔으리라 싶었는데 메추리 알보다 작은 열매 두세 개만 뿌리에서 달려 나온다. 너무 실망하여 감자 순을 밭고랑에 팽개치고 '아! 농사는 아무나 짓는 게 아니구나.' 탄식처럼 쓸어내리는 이 상실감. 나는 순간 저 무성한 감자

순들을 어떻게 처리해야 하나 걱정스러웠다. 실패한 감자밭을 빨리 치우고 이젠 가을 김장배추나 심어야겠다며 마음을 비웠다. 그리고 한참 후 감자 주겠다고 약속했던 지인들에겐 사서라도 보내려고 주문하려 할 때다. 안쓰럽게 나를 바라보던 남편이 땅속 깊이 한번 파보기나 하고 포기하자며 호미를 들고 나갔다. 그런데 이게 웬일인가. 남편은 다 자라지는 않았지만 너무도 하얗고 제법 큰 감자를 한 바가지 캐어 왔다. 나는 평소에 잘못된 버릇인 줄 알면서도 늘 칭찬을 아끼며 살아온 그 침묵을 깨고 남편에게 아낌없는 칭찬과 박수를 보냈다. 끝까지 땅을 믿고 손을 내밀어 땅의 약속을 확인한 남편이 믿음직스럽기까지 했다.

감자는 마치 인간이 성장하면 부모 곁을 떠나 홀로서기를 하듯, 어느 정도 자라면 뿌리에서 떠나 깊은 땅속에서 흩어져 홀로서기 하며 자란다. 그 이치를 모른 채 겉만 볼 줄 알았던 나의 근시안적 안목을 깊이 자성해 보았다. 심한 태풍과 장마가 끝나고 내 손녀가 두 돌이 되던 날은 마침 내 생일이기도 했다. 우린 그날 온 식구가 다 나와 감자를 캐기 시작했다. 호미를 들고 아주 깊이 땅을 파 당겼다. 하얀 감자는 마치 우리 집에서 기르던 풍산개가 조그맣고 하얀 새끼를 낳았을 때처럼 튀어나왔다.

멀칭 속에서 감자알을 품고 있던 땅이 진한 흙 내음을 들어 올리며 강아지 같은 감자를 밀어내고 있었다. 두 돌맞이 손녀는 "아! 감자"하며 내가 내뱉는 감탄사를 그대로 따라 한다. 그리고는 한 포기씩 호미로 들어낼 때마다 저도 흥분하며 그 앙증맞은 손으로 감자를 바구니에 담아낸다. 하마터면 세상 구경도 못 하고 매장될 뻔했던 생애 첫 작품 감자들이다. 굳이 값으로 환산하면 얼마나 되랴만 통감자를 쪼개어 땅에 묻어놓은 감자 조각에서 순을 틔워 줄기를 세우고 또 그 뿌리에서 열매를 맺게 하고 자란 후엔 땅속에서 알알이 흩어져 생장하게 하는 창조주의 모습을 관찰하며 그 안에서 희열과 평화를 체험한다. 땅은 결코 거짓말을 하지 않는다는 진리를 깨우친다.

뿌린 만큼 거두고 정성과 사랑을 쏟는 만큼 대가를 꼭 지불하고 약속하는 땅이다. 장마 걷힌 한 여름날의 태양은 무척 따가웠다. 내년에는 파종의 적기를 찾아 더욱 완숙된 감자 농사를 다짐해 본다.

산사山寺의 아침하늘

　우리네 사는 삶이 어머니의 뱃속에서 태어나는 순간부터 어쩜 인연이라는 끈으로 살아가는 것이 아닌가 싶다. 부모, 형제, 자매, 그리고 이웃과 친척과 친구들, 직장, 모임, 또 우연한 만남, 섭리라고나 할까? 그 무수한 인연 속에서 내겐 다양한 문화와 종교와 생태를 지닌 다섯 명의 친구들이 있다.

　글을 쓰면서 음악도 하고 여행도 하면서 생기 넘치는 삶을 향해 화합과 배려의 미덕도 쌓을 줄 아는 향기 나는 인연들이 모여 "아침 하늘"이라는 중창단의 둥지를 하나 틀었다.

　지난 7월 어느 날 일상에서 잠시 삼복염천을 밀어내고 친척 오빠가 법사로 계시는 치악산 구룡사에서 템플스테이가 아닌, 손님으로 하룻밤을 묵게 되었다. 기실 '산사' 하면 일반인들이 누구나 자유롭게 숙식할 수 없는 곳이기에 얼굴에 즐거움과 호기심을 가득 실은 우리는 사뭇 기대도 컸다. 승용차 두 대에 나누어 타고 오늘은 우연하지 않게 일정이 예수님과 부처님 두 분 성인을 다 만나게 되었다.

먼저 가까운 횡성군 서원면의 한국천주교 성지인 풍수원성당을 찾아가는데 내비게이션이 아주 똑똑하고 친절하게 목적지까지 안내했다. 이 성당은 명동성당과 함께 한국에서 손꼽히는 역사와 건축미를 자랑하는 유서 깊은 천주교 성지이다.

신자들이 직접 나무를 자르고 벽돌을 만들어 지었다는 성전건축물은 자그만 했고 주변에 자라난 아름드리나무들과 함께 역사를 말해 주고 있었다. 또 이곳에는 '바이블 파크' 라는 국가적 성지공사가 현재 진행되고 있는 곳이기도 하다.

마침 외지에서 온 성지순례단의 미사가 집전되고 있었다. 함께하고 싶었지만 짜인 일정관계로 아쉬움을 삭이며 숲이 우거진 일반인들에겐 산책로이자 신자들에겐 '십자가의 길' 인 숲속을 들어섰다. 소나무 오솔길 쌓인 낙엽 위로 산소 덩어리인 산바람이 불어와 온몸을 음이온으로 목욕을 시킨다. 멀리서 뒤따라오는 '아침 하늘' 들의 걷는 모습이 어느 영화 속에서 연기하는 주인공들 같다. 저마다 자연이 주는 풍요로움에 감사하며 유턴으로 꺾어진 산책로를 접어드니 아! 아! 마치 하늘에 닿을 듯한 미끈한 소나무와 겹쳐 세워진 대형 십자고상! 땅바닥엔 대형 돌 묵주 알을 박아놓았다. 순간 종교를 초월해서 우리는 모두 대형 십자가 고상 앞에 두 손을 모으고 "주께 두 손 모아 비오니 크신 은총 베푸사 밝아오는 이 아침을 환히 비추소서!" 화음도 곱게 제 파트를 찾아 불렀다. 그 뜨겁던 태양도 오늘은 구름 속에 숨어 염천의 나들이를 축복했다. 얼굴과 목소리들이 사뭇 충만함과 감사로 흥분되어 있었다. 전시관에는 역대 선조 신앙인들이 쓰던 미사에 관한 모든 도구를 그대로 보관하고 있었다.

정오가 되었다. 횡성 하면 한우가 아니던가. 한우프라자에서 대기 번호표를 받아가며 기다려야 했다. 이곳에 와 보니 수입 쇠고기를 유통시켜 누구나 값싸게 먹을 수 있어야겠구나 싶었다.

목적지인 구룡사로 향했다. 사찰의 특전으로 절 담장 밑까지 차를 운행해 왔다. 평소 산사의 오솔길을 그윽함에 취해 걷고 있을 때 오늘의 우리 같은 사람들이 사람 숲을 헤집고 차 머리를 들이대면 그 몰염치를 얼마나 나무랐던가. 숙박해야 하고 무거운 짐이 있고 보니 어쩔 수 없었다. 그렇다. 내가 하면 로맨스고 남이 하면 불륜이니까.

산사에 도착하니 오후가 훌쩍 넘었다. 짐도 풀지 않은 채 바로 폭포가 있는 등산로로 향했다. 폭포 밑으로 포말 지는 물소리와 거품을 비췻빛으로 받아 안은 깊은 소의 물은 맑게 흘러 퍼졌다. 보기만 해도 시원해서 등허리가 서늘해지면서 냉기가 든다. 이런 순간을 두고 피서라고 하는구나 싶다.

이내 구름다리 밑에서 신발 끈을 풀고 정강이까지 물이 차오르도록 냇물에 들어섰다. 뼈가 저렸다. 이 얼마 만에 누려보는 물장구였던가. 청개구리가 덤벙덤벙 건너간다. 땀을 말끔히 식힌 후 숙소인 요사채에 들어서니 마루가 어설프기 그지없었다. 낮 내내 닫아놓았던 쌍닫이 창 호지 문을 여니 갇혔던 열기가 울컥 얼굴을 들이쏜다. 와! 과연 하룻밤 일망정 지낼 수 있을까? 태산 같은 걱정을 안고 그래도 먹어야 살지 하면서 공양 간으로 향했다. 마침 학생들의 템플스테이 덕분에 카레라이스를 맛있게 먹을 수 있었다. 정 불편하면 시내로 나가려는 생각도 해 보면서 방에 들어서니 밖에서 보기와는 달리 아주 넓고 쾌적하고 정겨웠다. 산 쪽으로 나 있는 문을 여니 산바람이 쏜살같이 방안을 헤집고 들어와 훅훅 찌던 열기를 씻은 듯이 헹구어 낸다.

모기가 문안 인사 올리러 올까 봐 불도 켜지 않은 채 어둠이 즈물즈물 지피는 방안에서 준비해온 간식들을 펼쳐놓고 맛과 정과 웃음꽃으로 익어 가는데 그중에서 제일 인기 짱 간식은 뽕 오디였다.

입도 미처 닦지 못했는데 주지인 원행 스님의 응접실 다도 파티에 특별초대 메시지가 왔다. 종무실과 붙어 있는 스님 방엔 병풍과 선풍기와 그리고는 방석 여러 개가 깔끔하게 정돈되어 있었다. 손수 산방 녹차를 끓여주시며 '아침 하늘'의 방문을 진심으로 환영해 주셨다. 진실로 스님의 진정한 마음을 읽고 있던 송 선생이 금방 무엇인가를 화답으로 드리고 싶었나 보다. "스님! 저희도 무엇인가를 드리고 싶은데 갑자기 준비된 것은 없고 노래로 대신할게요." 하더니 망설임도 없이 "주께 두 손 모아 비오니 크신 은총 베푸사…."하고 시작했다. 우리는 자연스럽게 "…밝아오는 이 아침을 환히 비춰 주소서!"하면서 각자 자기 파트를 찾아 고요한 산사의 주지 스님 방엔 사랑의 종소리가 선율 되어 흘렀다.

노래하는 동안 스님은 빙그레 웃으시며 눈을 감고 두 손을 모으고 계시더니 노래가 끝나기 무섭게 "아~멘!" 하시는 게 아닌가. 아! 스님의 유머러스한 재치에 크리스챤인 우리는 "나무아비타불 관세음보살!"로 응답하며 파안대소했다. 서로의 얼굴을 마주 보며 웃는데 모두의 입속은 조금 전에 막 먹고 온 뽕 오디 물이 들어 드라큐라 같아 웃음은 더욱 터져 걷잡을 수 없었다.

정말 아름다운 밤, 한두 평 남짓한 이 작은 방에선 우주를 다 감싸

앉은 듯한 성직자와 중생들이 일치를 이루는 시간, 모두를 껴안으려는 성직자의 포용과 모두를 초월하여 한데 어우러져 사랑을 나눌 줄 아는 우리들의 모습을 보면서 아직 세상은 살만하다는 믿음을 확인할 수 있었다. 이처럼 호탕하고 열린 세상이 있으랴. 마음 하나 열면 그 마음속에 온 우주가 다 담겨 있는 것을~. 그 마음 문 하나 열지 못해 너도 죽어가고 나도 죽어간다.

오늘 밤 흥분과 호기심으로 심장과 신경세포가 엔돌핀 과식을 한 몸들을 받아 누일 침실 요사채는 아름드리 나무기둥들로 지어진 숨 쉬는 집이다. 습한 냉기가 가셔진 쾌적한 난방온도와 현대문명이라고는 천장에 매달린 형광등뿐인 산사의 밤은 일찍 깊어가고 식구 많은 집 형제들처럼 한방에 나란히 누워 도란도란 피우는 얘기꽃이 더욱 진한 정을 배가시키는데 산속에 고인 어둠에서 소쩍새는 저도 끼워 달라는 듯 '소쩍! 소쩍!' 애처로운 밤. 낯선 잠자리에서도 시나브로 하나, 둘, 숨소리들 잦아들었다.

어둠이 아직 가셔지지도 않은 새벽, 갑자기 석 잠은 잤을 누에들이 뽕잎을 왕성하게 먹는 소리가 '쏴!' 하고 들리어 귀 기우려 들어보니 깊은 산속에서 크고 굵은 나무들을 뚫고 내리는 빗소리였다. 산사는 마치 우리에게 품고 있는 모든 것을 다 보여 주기로 작정이라도 한 듯 엮어내고 있었다.

이어서 울려오는 풍경 소리, 범종 소리, 여명이 쪽 눈을 뜰 때쯤 자욱한 운무 속에서 독경 소리는 모처럼 대자연에 안겨 꿈속에서도 사색에 잠긴 나그네들을 잡아 흔들어 깨웠다. 매일 아침이 오면 사람들은 이 산사와 계곡을 찾아 밀물처럼 밀려왔다가 저녁이 되면 썰물처럼 빠져나가 한낮은 시장 통과 다름없다가 썰물 빠진 그 시간부터가 고유한 산사의 세상이 시작된다고 한다. 아침 공양을 맛있게 한 후 스님께선 또 아침 티타임을 마련하시면서 진심 어린 관심과 사랑을 담아 문인들이 글을 쓰고 발표하기 위해 이 산사의 방이 필요하다면 언제든지 기꺼이 배려해주겠노라고 약속을 하셨다.

순간, 어제 영국 대학생들의 템플스테이 팀을 맡아 유창한 영어회화로 이끌어가시던 스님의 노련한 실력이 새삼 빛나 보였고 이런 지식과 지혜와 의식 있는 사고를 지닌 성직자들이 곳곳마다 가득 차 삶이 정화되는 세상이 올 수 있다면 얼마나 좋을까.

지질대며 내리던 비도 그치고 임대료도 없이 요사채 방 하나를 영구 임대받은 우리는 다시 만남을 기약하며 행복과 풍요로움을 가슴 가득 채우고 또 우리가 만든 글에 우리가 곡을 붙여 〈아침하늘〉 중창단이 아름다운 대자연과 일상을 곱고 높고 환희롭게 불러주기를 희망해 본다. 올 때처럼 절 앞에서부터 승용차에 앉아 즐거운 새들처럼 조잘거리며 거드름(?)을 피워보며 일주문을 빠져나왔다.

성찰의 자작나무숲

만해마을에서 한국여성문인회 페스티벌 행사의 후속 행사로 자작나무숲 탐방이 있었다. 강원도 인제군 기린면 원대리. 하늘 아래 첫 동네인 돌각땅에 옛날 화전민들이 밭을 일구어 살아가던 척박한 땅을 인제군의 지혜로운 행정으로 핀란드보다 더 울창하고 아름다운 자작나무숲을 조성하여 전국에서 손꼽히는 명소로 부각이 되어 오늘에 이르렀다.

처음 조우하는 길이었다. 사전에 공지가 있었지만 자작나무숲이라 하여 그냥 큰길가 옆에 공원 같은 곳일 거라는 검증 불통의 가벼운 잣대로 운동화 준비 없이 샌들을 신었다. 막상 주차장에 접하고 보니 신작로 길을 7㎞는 걸어야 하고 또 경사지고 울창한 숲속 길을 올라가야 했다.

갑자기 눈 앞에 펼쳐지는 하얀 신기루 같은 산속 오아시스 자작나무숲은 놀라웠다. 생각할수록 대견하고 행복했으며 덩달아 강원도민인

내가 자랑스러웠다. 행사 중 하얀 자작나무 숲에 노천명 시인의 <사슴>을 초대하여 강릉 사투리로 낭송도 하며 마음껏 웃음의 향연이 펼쳐졌고 식사 후 하산이 시작되었다.

초입부터 내려오는 산길은 경사졌다. 오를 때는 한발 한발 떼어놓으면 되었지만 내리막 산길은 제어가 어렵다. 미끄러지면서 왼쪽 복숭아뼈 밑을 접질렀다. 주위는 잠시 웅성거렸고 그럭저럭 걸을 만 해 민망하기도 하여 보조를 맞췄다. 발에 힘은 반감되고 불안한데 길은 계속 경사져 또 넘어졌다.

이번엔 무릎이었다. 지척대는 사이 일행들은 구름같이 빠져나가고 우리 식구들은 S시인과 사무차장만 남았다. 마침 사무차장은 지팡이 삼아 의지할 들었던 긴 우산만 주고 떠난 후 큰길에 도착했다. 스카프로 발목을 동여매고 응급처치를 하는 동안 뒤에서 따라오던 이번 행사를 주관한 서울팀 진행요원인 두 젊은 시인이 양쪽에서 부축하기 시작했다. 다리에 힘이 빠지니 몸에 지닌 가벼운 가방도 아주 큰 무게로 돌아왔다. 마지막 남아 함께하는 S시인에게 가방을 넘긴 후 먼저 보내고 작열하는 태양 아래 악전고투가 시작되었다.

그분들이 차를 부르겠다고 했지만 차도가 없는 곳이었다. 차도는 따로 정상으로 이어지는데 노약자들은 정상에서 차로 떠났고 지금 차를 부른다면 여간 번거로운 게 아닌 상황이었다. 그냥 가자고 했다. 이 상황이 바로 내가 가장 염려하는 민폐였다. 햇볕 쨍쨍 내리쬐는 유월 중순의 첫더위는 제법 위력적이었다. 삼십여 명이나 되는 우리 회원들은 한 명도 안보이고 생면부지 서울의 진행요원과 대여섯 명의 회원들이 뚜벅뚜벅 내 보폭에 맞춰 호위병들처럼 따라주었다. 7㎞의 산속 신작로 길을…. 하늘만 보이고 울퉁불퉁한 길을 한 번씩 절뚝거릴 때마다 내 팔과 양편 두 진행요원의 팔에 흐르는 땀, 미안하고 민망한 내 모습, 준비에 대한 가벼움의 우를 범한 마음속에 온갖 회한으로 차올랐다. 아! 이게 내 삶의 궤적이구나! 내가 이렇게 살아왔구나! 내 곁에 낯선 사람들, 나는 이분들에게 아무것도 해준 게 없고 또 앞으로도 해줄 일이 없을 사람들이 내가 제일 어려울 때 내 지팡이가 되어주고 내 다리가 되어주는구나! 나의 수호천사들은 가까운 곳에 있음이 아니라 낯선 곳에서 오묘한 관계로 맺어진 현상 앞에 그나마 위로가 되는 것은 내가 언제 어디에선가 나도 모르게 누군가에게 눈곱만큼 쌓은 덕이 있어 오늘 이 이방의 천사들에게 도움을 받을 수 있지 않았을까 하는 믿음이었다. 인생을 살아오면서 무수한 인연들과의 관계 속에 내가 어떻게 살아왔는가를 깊이 성찰해 볼 수 있는 빌미의 귀한 시간이었다.

좀 비약적이긴 하지만 나를 돌아보았다. 내가 언제 다치고 아픈 사람들을 정신적으로나 육체적으로나 물질적으로나 진심으로 싸매주고 위로해 주고 함께 해주어 보았던가. 장애인들의 불편함을 진심으로 이해하고 배려해 보았던가. 힘들고 지친 영혼들의 속내를 노크해보고 그 안에 들어가 보았던가. 말로는 또 얼마나 상처와 아픔과 절망을 품게 했던가. 힘들고 귀찮은 것들을 누구를 위해 한 번이라도 감수해 보았던가. 피하려고만 하고 나무라기만 하고 원망하고 무시하고 지워버리려고만 한 행위들이 얼마나 가족이나 타인의 가슴에 섭섭함과 상처와 아픔과 눈물을 흘리게 했던가.

근간에 의도치 않게 일어난 일들이 스쳐 갔다. 마음속에 악의를 품지 않고 진심으로 다가설지라도 잘못된 표현으로 오해를 불러 일파만

파 왜곡되어 부메랑으로 돌아와 참담한 일이 벌어지는 일도 있지 않았던가. 사람마다 각자 다름을 인정하지 않고 오만과 편견으로 독선을 행한 일들과 많이 누리며 사는 삶에 감사하며 살아봤던가. 딴은 평탄한 인간관계의 삶을 살아왔다고, 또 나름대로 베풀고 참고 고뇌하며 살아왔다고 생각했던 나의 행로가 오늘 다 묻혀지고 지워지고 왜소해지는 순간이었다.

양쪽 팔을 부축해 주는 두 진행요원이 천사의 날개였다. 미안하고 송구함을 표현할 때마다 오히려 나를 의지의 여인으로 칭찬하며 배우고 느끼는 점이 많았다는 그들의 희생과 겸손은 젊은 나이에 벌써 나를 능가하는 통찰력을 지녔다. 순간일지라도 하얀 자작나무들처럼 하얘진 나의 성찰이 빛나고 자작나무들처럼 하얀 마음을 보여 준 그들이 눈부셨다.

주차장이 아스라이 내다보일 때 하늘을 쳐다보니 코발트빛 캔버스였다. 다시 한번 미안하고 고맙고 사랑한다 고백했다. 철저히 준비되고 행동하는 통 큰 조직의 리더십! 끝까지 책임을 다하고 귀경버스에 오르던 두 시인.

개인적인 품위와 넉넉함도 귀감이지만 한 행사의 주체 멤버들의 세심한 계획과 진행 관리체계가 돋보였던 그 날, 그분들이 행한 역할이 고스란히 지워지지 않는 가슴속 나이테로 오래 남아 있을 것이다.

제4부

생의 편린

병상 일기

1999년 새해 아침. 양양성당 미사를 마치고 늘 찾아가던 〈미천골불바라기〉 카페에서 차 한 잔을 마신 후 깊은 산 속 길을 따라 마치 예수님께서 기도하시던 분위기 비슷한 바위에 앉아 기도하기 시작했다.

마침 아들이 군에 입대하여 군 생활을 할 때다. 새해 아침 이렇게 신의 숨결이 들리는 듯한 곳에서 기도하게 해 주심은 축복이라 여기며 깊은 사유 속에 가벼운 마음으로 어스름 저녁 무렵 집으로 오는 길이었다. 어스름 길이라 앞차들이 흘러갈 줄 알았는데 갑자기 길이 막혔다. 급브레이크를 잡아 보았지만 차는 중앙선을 넘어 마주 오던 그랜저와 충돌했다. 제어 중에 마주쳐서 심하진 않은 줄 알았다. 에어백은 터져 얼굴은 감싸 줬지만 왼쪽팔이 금방 감각을 잃었고 왼쪽 무릎에 진통이 왔다. 차는 멈추어섰고 길은 비상이 걸렸다. 어느 분이 차문을 열고 "나올 수 있겠어요?" 했다. "다리가 말을 안 들어요!" 했더니 끌어내려 길바닥에 눕혔다.

겨울이라 오리털 잠바를 입었지만 차가운 콘크리트 바닥이다. 차 안에서는 켜놓은 헨델의 오페라 중에 「울게 하소서」가 계속 울려 퍼지고 있었다. 누워서 하늘을 쳐다보니 별이 흐르는데 이런 생각을 했다. "아! 살아나긴 했는데 이제부터는 팔 한쪽 없이 팔, 빈 옷을 너풀거리며 살아야겠구나?" 그렇게 40분이 넘게 누워있은 후 응급차가 왔다. 우선 무릎 통증을 호소하니 피를 차단하기 위해 압축붕대를 조여 감아주고 바로 병원으로 이송했다. 혼자 타고 운전해 피해자는 없었는데 마주친 차에 청년 4~5명이 타고 있었다. 그들도 크게 다친 데는 없었다. 줄곧 그분들이 걱정되었다.

어두운 밤, 양양병원에서 엑스레이를 찍더니 큰 병원으로 가란다고 했다. 남편과 통화가 되어 근무지였던 속초 개인종합병원인 진영병원 원장님께 연락해 연말연시 휴일인데도 정형외과 전문의를 대기시키고 있었다. 바로 수술로 들어가 장장 7시간의 수술 끝에 입원실 침대에서 눈을 떴다. 어떻게 알았는지 남편 직장 직원 부인이 수술 들어가기 전부터 수발을 다 들어주며 위로해 주었다.

왼쪽 팔은 마치 채를 엮듯 뼈들을 엮어 놓았고 왼쪽 무릎은 종지뼈를 핀으로 박았는데 무릎 살을 포처럼 떠내고 쇠붙이 그물을 덮어 꿰매었다. 온몸과 얼굴은 부어 있고 꼼짝도 못하였다. 직원 부인과 시어머니가 와 있었다. 팔다리는 깁스로 꼼짝을 못하고 앞이 안 보였다. 그날부터 병상 일기는 시작되었다. 에어백이 얼굴을 보호했으니 정신은 멀쩡했고 주사의 힘으로 진통은 심하지 않았다. 병원원장은 잘 아는 사이이고, 운 좋게도 집도한 의사는 실력있는 아주 젊은 의사가 최신식 의술로 수술을 집도하고 깁스도 반깁스로 불편을 많이 축소해 주었다.

　다음 날부터 병문안이 시작되었다. 화분들이 병실을 채우고 조우한 후 봉투 아니면 보할 먹을 것들을 놓고 가곤 했다. 남편이 현직에 있다 보니 내가 모르는 분들도 속속 조우했다. 서울, 수원, 춘천, 강릉, 원주 친지들로 병원 문이 분주했다.

　나는 누워 조용히 생각했다. 내가 죽으면 지금 이런 상태에서 장막만 쳐있고 차례차례 봉투 하나씩 집어넣고 두 번 꾸벅 절하고 밥 먹고 가겠지. 이 얼마나 덧없는 삶인가. 이제부터는 혼자 생활할 수 없다. 눕고 일어나는 일밖에….

　꼬박 한 달을 대소변을 받아냈다. 다행한 일은 내가 급하게 돌 볼 사람이 없다는 일이었다. 아들은 군인이고 당장 내 손을 빌리지 않아도 모두 생활에 지장이 없는 가족들이었다. 마음이 편했다. 남편은 퇴근을 병실로 하며 퇴원할 때까지 병상 옆에서 살았다. 모든 것을 다 내려놓으니 편했다. 유일한 위로는 TV였다. 한쪽 팔다리는 꼼짝도 못 했다. 연속극 중 신세 한탄을 하며 목욕탕에 주저앉아 빨래하는 여인이 얼마나 부러웠는지 몰랐다. 입원실 창문 밖 옥상에서 날마다 빨래를 한가득 널어 펼치는 아줌마가 얼마나 부러웠던지…. 하늘과 속초 바다는 한 빛이었고 아스라이 방파제 옆 등대 길에서 산책하는 사람들이 너무 행복하게 보였고 모두 특혜받은 사람들 같았다.

　바느질하듯 기워놓은 뼈들은 세월이 가서 붙으면 되는데 무릎에 난 상처 하나가 염증에 의심이 간다며 주치의는 손으로 고름 같은 액체를 살짝 찍어 혀에 대보며 관찰했다. 놀라웠다. 정말 사명을 가진 참의사를 보는 순간이었다. 나더러 돌아가신 어머니와 닮았다며 지극한 정성과 실력으로 무릎 상처는 말라 치유되었다.

그때부터는 시간 싸움이었다. 입원 두 달 된 시점부터 재활물리치료에 들어갔다. 깁스로 굳어 구부러지지 않는 무릎과 고정시켜 놓았던 팔을 움직이는 치료였다. 비록 휠체어를 타긴 했지만 병실 문을 나가 4층으로 옮겨갈 수 있다는 자체가 얼마나 큰 행사이고 행복인지 모른다. 우선 뜨거운 팩으로 찜질을 해서 유연하게 한 후 물리치료사가 무릎뼈를 구부리고 꺾는 운동을 하는 일이었다.

우리 인체는 움직이지 않고 며칠만 있으면 다 굳게 된다. 창조주가 만들어 놓은 인체의 오묘함을 언제 어찌 알 수 있었겠는가? 강제로 꺾어야 하는 그 아픔과 고통은 당해보지 않으면 모른다. 비명이 저절로 나왔다. 이런 사투의 소식을 들은 스승 최승순 교수님께서 전화로 "강릉에 최준집 씨 알지? 그 양반이 옛날 교통사고로 다리를 다쳤는데 아픔을 참아내지 못하고 그냥 두었다가 한평생 뼈청 다리로 불편하게 살았어! 그러니 힘들더라도 참고 꼭 견뎌내야 해."하시었다.

힘이 생겼다. 하루, 한 주, 몸은 점점 나아져 이젠 내 손으로 양쪽 목발을 짚고 외부 주위로 다닐 수 있게 되었다. 바다로 나갔다. 출세한 것 같았다. 세상이 이렇게 아름답고 걷는다는 행위가 이처럼 고귀하고 소중한 줄 몰랐다. 육신 어느 한 곳도 허술한 곳이 없었다. 손끝 어디 한 곳도 개체가 아닌 지체로서 온몸 전체에 파장을 일으킨다는 원리를 처음 알았다.

꼬박 3개월 입원 후 퇴원. 4월 벚꽃이 눈처럼 쏟아지는 목우재를 넘어 설악산 입구에서 목발을 짚은 채 낮게 드리운 벚꽃 가지를 얼굴에 비비고 코에 대어보니 이것이 생(生)이로구나 싶었다.

5월에는 한쪽 지팡이만 짚은 채 가만가만 사택에서 가까운 영랑호 주변을 산책하였다. 앞에서 천천히 산책하는 노부부가 있었다. 할아버지는 호숫가로 할머니를 세우고 차도로는 당신이 걸으며 할머니를 에스코트하듯 계속 챙기며 걸었다. 맑은 하늘과 영랑호의 물빛처럼 아름다운 모습이었다. 산책로 옆에 골프장이 있어 건강미를 자랑하며 즐기는 사람들을 담장 너머로 바라보며 한없이 부러워했다. 퇴원 후에도 하루 두 번씩 물리치료실에서 비명을 지르며 내 무릎은 점점 각도를 좁혀갔다. 주저앉아 빨래해보는 일이 소원이었으며 꿇어앉아 기도하는 것이 소원이었다. 사람들은 다친 다리가 조심스러워 힘을 덜 주려고 나도 모르게 잘록잘록 걷는 모습을 보고 김대중 같다는 농담도 했다. 정말 세월 싸움이었다.

놀라운 것은 그런 중상을 입고도 인대 하나 신경선 하나 다친 곳이 없이 비껴가 골절 이외의 후유증은 없었으니 분명 신은 살아 계셨다. 나를 안아 주셨다. 무엇인가를 깨닫게 하시고 기회를 주신 것이다. 헛된 것에 집착을 끊게 하시고 다시 살게 하셨다. 하느님께서 빚으신 사람의 몸이 얼마나 신비롭고 귀중한지 알려주셨다.

출고한 지 1년 된 차를 폐차시키고 벌금 오백만 원을 물고서 내 몸의 근육들이 머리서부터 발끝까지 다 소통하는 데 5년이 걸린 후 병상 일기는 끝났다. 돌아보면 살아오면서 죽을 고비를 많이 넘겼다.

세살박이가 피난길에서 홍역에 걸려 저승 문까지 갔다 왔다. 열이 아마 꼭짓점까지 갔었나 보다. 누워서 벽을 뚫고 밀려가는데 문에서 눈이 번쩍번쩍한 도깨비들이 나를 향해 "저기! 저기!" 하며 손가락으로 가리키고 있을 때였다. 초등학교 갓 들어가서는 깊은 물에 빠졌다 살아나기도 했고, 감 따는 장대에 머리를 맞아 죽을 뻔도 했다. 그 전란 속에 체온 조절은커녕 먹지도 못하고 약도 없이 타고 난 질긴 면역력 하나로 살아났다.

위험한 순간마다 나를 감싸 구해내신 나의 신은 나를 무척 사랑하시는가 보다. 절망 속에 기도라는 처방전이 가해지면 하늘의 귀가 열리고 신은 인간을 사용할 때 가장 큰 기적을 일으킨다. 지금 생각해봐도 내 삶을 반추해 보면 기적일 뿐이다.

막차

제주의 곳곳을 다니며 웃고 즐기면서도 뭔가 불안한 깃발 하나가 있었다. 돌아가는 날 비행기 시간 때문이었다. 인천공항에서 저녁 10시 30분 춘천행 리무진이 막차인데 제주에서 9시에 떠난다니…. 딱 정시에 떠난다면 걱정 아닌데 올 때도 보니 연착을 했고 또 갈 때도 분명 연착할 것이라니 말이다.

아! 그런데 웬일인가? 8시 비행기란다. 앞당기는 연착도 있나 보다. 이렇게 다행스러울 수 있을까. 마음은 아주 가볍게 들떠 다녔다. 저녁을 먹는데 또 변경된 시간이 9였다. 그래, 9시에 틀림없이 떠나기만 하면 돼!

공항으로 이동했다. 9시 출발이라고 다짐하니 빠듯하겠지만 탈 수 있겠구나 싶어 마음을 놓았다. 그런데 수학여행 철이라서인지 수시로 연착이 잦으니 믿을 수가 없었다. 비행기 시간이 이렇게 연착되는 일도 처음 당해보았다. 9시에 이륙하는 시간으로 기내에 들어갔다. 그리곤 마음을 조금 놓았다. 그런데 지정 좌석에 앉아 기다리는데 9시가 되어 비행기가 움직이기 시작했다. 아하! 제시간에 댈 수 있겠구나 싶었는데 기체가 뜰 생각을 하지 않았다. 초조해졌다. 슬그머니 화가 치밀었다. 앞에 대기했던 기체들이 다 날아간 후, 뜨기 시작했다. 이러다간 공항에서 리무진을 타기는커녕 동서울터미널의 12시 막차 버스도 놓칠 참이다.

지방에 사는 비애랄까? 기체가 목적지에 멈추자 질서고 체면이고 가방을 끌고 달렸지만 원체 뒷좌석이라 턱없었다. 어느 편을 이용해야 가장 빠를지 도무지 종잡을 수 없었다. 젊은 대학생 같은 두 청년에게 물었다. 확답은 못 드리는데 고속전철을 타고 동서울터미널을 가는 길밖에 없단다. 전철 개찰구가 어디 붙었는지 알 길 없었다. 저들도 타러 가는 중이라며 데려가 주겠단다. 천군만마를 얻은 듯 따라갔다.

개찰구에 카드를 집어넣었으나 통과되지 않았다. 저쪽에 넣어도 안되고 계속 안 되었다. 역무원에게 의뢰해 통과하고 보니 동행하던 젊은이들은 온데간데없고 무조건 사람들을 따라갔다. 플랫폼에 서고 보니 일행이었던 김 목사 내외가 대전으로 가기 위해 강남터미널로 향하고 있었는데 그분들도 지금 막차를 탈 수 있을는지 의문이라고 했다.

전철 의자에 앉아 나의 행로를 일러주며 정 못 타면 찜질방에서 자고 가라고 일러주었다. 아! 찜질방! 왜 그 생각을 못 하고 그리 동동거렸을까? 조금은 여유를 찾았지만 그래도 시간을 맞추어 막차를 탈 수있는 방법을 계속 문의했다. 봉은사에서 내려 택시를 타고 가면 시간을 단축시킬 수 있다고 한다. 그대로 하고 택시를 독촉하여 터미널에 도착하는데 택시기사 아뿔싸! 외양 길로 접어들었다. 초, 분을 다투는데 엉뚱한 곳을 한 바퀴 돌아 지점에 도착하니 그 붐비던 터미널엔 적막이 깔렸고, 어둠만이 나를 끌어안았다. 막차가 떠난 지 10분 후였다. 내 생애 이처럼 10분이라는 시간의 귀중하고 절박한 순간이 있었으랴. 그래도 행여나 늦게 출발할지도 몰라 여행용 가방 끄는 소리만 텅텅 울리는 동서울터미널….

노선마다 한 치 오차도 없이 내일 새벽에 떠날 버스들이 빼곡히 정렬돼있는 사이사이를 비집고 춘천행 노선에 닿으니 버스 문은 침묵 한 채로 "늦었어! 이처럼 인생은 시간 다툼이란다!"

춘천까지 택시를 타려니 고액의 택시요금보다는 돌발사고가 더 무서워 포기했다. 어둠 속에서 어디가 출입구인지를 한참 돌고 돌아 상점들도 모두 문을 닫은 거리에 해물 해장국집 하나가 불이 환했다. 찜질방 향방을 물으니 바로 옆 골목으로 들어가면 두 개가 있단다. 내 생에 처음 해보는 막차를 놓친 찜질방 행이었다.

들어서니 안내소에 여행용 가방이 즐비했다. 나 같은 사람이 이리 많을 줄이야…. 시류에 발 빠르게 합류해서 세상 돌아가는 물정과 정보에 밝았더라면 오늘처럼 이렇게 긴박하게 돌아가지 않아도 됐을 텐데… 무지하고 무식하면 몸과 맘이 고달플 수밖에 없었다.

찜질방은 낯설지 않았다. 운영해 왔던 익숙한 곳들임에 내 집 같은 푸근한 느낌도 들었다. 늦은 밤 무수히 막차를 놓치고 하루를 놓치고 때를 놓친 사람들을 포근히 받아 안는 찜질방! 무수한 사람들이 오늘의 나처럼 막차를 놓치고 또는 밤길 운전을 피해 내 집에 와 밤을 새우고 갔던 그들의 마음을 유추해 보니 실용적인 비용으로 절박한 상황을 포근하게 해결해 줄 수 있었던 그때가 제법 기여했다는 자부심마

저 들었다. 이 밤이 내 집같이 편하다고 느껴졌다. 생이 끝날 그날, 하늘나라(천국) 가는 그날은 절대로 막차를 놓쳐서는 안 되리라. 내일 아침은 막차가 아닌 첫차를 탈 것이다.

고질병

한겨울이 지나고 봄이 올 때쯤이면 한 번씩 내 몸은 봄살이를 호되게 치른다. 그것도 갑자기 휘감아 든다. 평소에 식습관이 소나기밥에다 급식에 과식까지 심심찮게 해대니 위가 편할 날이 있으랴. 음식을 먹으면 자주 체하고 속도 쓰리다. 내시경 검사에는 아무 탈이 없다.

어느 날 명의를 만났다. 내시경 검사상 아무 문제가 없으면서 불편한 증상은 위벽에 노폐물 찌꺼기가 달라붙어 있어 그 찌꺼기는 내시경에는 잡히지 않고 따로 치료를 해야 되는데 병명은 이름하여 담적이라고 한다.

한방으로 치료하고 약을 쓰는데 위만 전담해서 치료하는 위담 한방병원이 서울 대치동에 자리하고 있었다. 내 모든 증상이 적격인 병원이었다. 조용하고 아주 쾌적한 환경을 지닌 병원은 우선 마음을 평온하게 해 주었고 접수를 거쳐 내진으로 들어갔다. 후덕하게 생긴 의사는 환자들이 안도감과 신뢰를 갖게 했다. 예상대로 배는 딴딴하게 뭉쳐있고 어지럼증과 피부에 약간의 황달 증상을 발견하고 약 처방과 물리 치료에 들어갔다. 비용이 장난 아니었지만 불편한 몸으로 살아가는 의미를 상실하며 사는 값의 비례를 생각할 때 망설일 일이 아니었다. 약 종류도 여러 가지이고 또 먹는 시간과 방법도 아주 번거로웠다. 금하는 음식도 많았다. 치료는 우선 팽만한 위를 가라앉히는 원적외선 치료 20분 2차 원적외선 치료 10분 주먹만 한 쑥뜸 석 장을 뜨는데 시스템이 얼마나 잘 돼 있는지 냄새도 감지되지 않게 돼 있었다. 이런 치료를 일주일에 2~3회 반복해야 한다.

그런데 출장 진료를 받아야 하니 두 번을 나누어 원적외선 치료를 받아야 할 것을 한 번으로 줄여 치료시간을 연장해서 받았다. 물론 거리 관계도 있었지만 많이 하면 더 빨리 회복되지 않을까도 싶어 한꺼번에 무리를 한 것이다.

치료도 폭식이다. 처음 치료를 받으니 배가 벌써 시원했다. 예감이 좋았다. 그러나 음식물 섭취 제한도 많았고 잘 먹지 않고 강하게 치료를 받다 보니 가뜩이나 저 체중인 사람이 무리가 왔다. 급기야는 아침에 일어나지 못하겠고 음식도 먹지 못하겠고 빈사 상태가 되어 병원에서 링거를 꽂았다. 그리고 급히 위담 한방병원에서 처방약이 왔다. 천천히 다스려야 하는데 무리를 해서란다. 폭식 급식 때문에 생긴 병을 고치는데 치료, 약까지 폭식 급식을 했으니 이쯤 되면 고질병이 구제 불능이다.

생활도 그렇다. 가만히 아무것도 않고 놀고 있다가도 한꺼번에 몰아붙여 몸을 혹사를 시키니 과부하가 생긴다. 매사에 조신하지 못하고 급하고 미련한 내 삶의 방식을 너무나도 잘 알면서 고치지 못하는 내 자신에 연민까지 느낀다. 이 고질병엔 약이 없으나 그래도 내 위장병은 근본적인 증세는 치유되었고 한 번 내리달린 체중은 올라가지 않아 체중계에 올라서서 체중을 올리기 위해 발을 굴러 봐도 헛일이다. 급할수록 돌아가라는 성현들의 말씀을 새겨듣고 행해 보지만 언제쯤에나 폭식 급식의 고질병에서 벗어나 통통하게 살을 찌워 힘을 쓰는 건강미 인생을 살아 볼 것인지~.

타고난 체질이라 쉽진 않을 듯해 울어야 할지? 웃어야 할지? 살과 전쟁하는 다이어트 족들이 들으면 화가 날 일이다.

롤 모델 Role Model

어느 여름날, 춘천 근교에 토담집을 마련하고 온갖 농작물을 심어 도심 속의 전원생활을 하는 후배의 토담방에서 옥수수파티가 있었다. 마침 서울에서 온 낯선 후배도 합석하게 되어 저녁상을 나와 마주 앉게 되었다. 내게서 시선을 떼지 않던 그가 "그 연세에 너무 곱다! 나도 저렇게 늙어가야지."라고 다짐 중이라며 웃는다.

물론 대충 나의 이력을 들은 후의 느끼는 감정도 작용했겠지만 그런 말을 가끔 듣는 편이나 막상 면전에서 듣고 보니 감사하고 조금은 민망했다. 그런 것에 대해 무관심해서인지 아니면 아무리 닮으려 해도 네가 나일 수 없음을 알아챘음인지 딱 타인을 닮으려고 한 적이 별로 없었다. 그저 여러 조건을 갖추고 잘 사는 이를 보면 참 덕을 많이 쌓은 분이구나! 그 정도였다. 물론 내부의 아름다움은 자세히 모른 채다.

그러던 어느 날, 조선일보 토·일 섹션에 지면 두 장을 가득 메운 명배우 윤정희의 모든 것이 소개되었다. 배우들이야 개성파가 아닌 이상은 외모의 출중함이야 기본으로 물려받은 축복이니 논할 여지가 없겠지만 내면은 자기가 만들지 않으면 지닐 수 없다. 보통 사람들도 그러하겠지만 인기를 먹고 사는 사람들은 자신을 지키고 살아가는 일이 자천타천으로 아주 어려울 수 있다. 그럼에도 배우 윤정희 씨는 굳건한 신앙을 바탕으로 뚜렷한 인생관이 삶 속에서 행동으로 승화시킨 저력이 너무도 아름답고 존경스러웠다.

영특한 판별력과 실천, 창조주가 주신 자신의 모습을 훼손하지 않고 순리에 맡기며 곱게 익어가는 모습이 탐스럽기까지 하다. 절제와 겸손으로 패여 가는 주름과 덮이는 눈꺼풀을 아랑곳하지 않고 자랑스럽고 소박한 삶으로 신의 섭리에 순응하며 사는 모습은 연예인으로서는 극히 드문 일이다. 은총도 받은 편이다. 존경받는 예술인에다 자상하고 불편 없는 편안한 반려자를 만났으며 남편 손에 배우로서의 가장 예민한 머리의 스타일을 맡길 수 있는 신뢰는 인간 보편성을 뛰어넘는 부부가 아닐까 싶다.

두 분의 생활 모습이 그려지고 덩달아 편안함이 느껴진다. 인생행로의 출발부터가 남달랐다. 우연히 만났다가 우연히 재회하고 한복을 입고 실반지 한 쌍 끼고 프랑스의 작은 성당에서 결혼식을 올린 부부. 그는 아름다운 영화 속의 연기자가 아니라 바로 그 삶의 실제 주인공이었다. 불평불만 없이 서로를 아끼고 격려하며 성가정을 이루고 사는 정말 닮고 싶은 삶의 주인공이다. 꿈꾸던 청사진을 질서 정연하고 순리 안에서 꿰어왔고 또 추구하며 살아가는 그가 진정 닮고 싶은 나의 롤 모델이다.

내가 진정 그리며 원하던 삶을 그는 실천하며 살고 있는 멋쟁이 배우였다. 그런 분별력과 현실적인 삶을 부여받은 그는 진정 축복받은 사람이다. 혹여 세상적인 잣대로 "그 스펙에 왜 그러고 살아!" 하는 사람들도 있을 것이다. 남이 갖지 않은 것을 가지고 있으면서 형이상학적인 삶을 살아가는 모습이 그래서 더욱 멋지고 아름답다. 이 세상은 모두가 다름으로 나름으로 살아간다.

부여받은 자유 안에서 오롯이 자신이 선택해서 하느님 모상 대로 살아가는 그가 이 메마르고 혼란스러운 세태에 촉촉한 단비 같다.

하나원의 숨소리

밤 TV를 통해 목숨을 걸고 탈북하는 이들을 생생하게 전해 주는 다큐멘터리 프로를 접하게 되었다. 충격이었다. 젖먹이 아기를 업은 엄마와 네 살배기 길거리 고아를 업은 생면부지의 젊은이가 홀몸도 힘들 터인데 목숨을 걸고 자유와 평화를 찾아 행군하는 이슥한 밤. 두만강을 건너고 중국을 거쳐 삼엄한 경비초소를 하나씩 거칠 때마다 손에 땀을 쥐게 하고 숨을 죽이게 하는 긴장의 순간들이다. 중국에서 바로 한국으로 올 수 있는 게 아니라 또 태국을 거쳐야 한단다.

그 아슬아슬한 공포와 죽음의 골짜기, 엄마 등에 업혀 얼굴이 젖혀진 채 곤히 잠든 아가의 얼굴엔 밤이슬이 엄마의 가슴 대신 축축하다. 선 대장의 손에 들린 손전등 불 하나에 매달려 깊은 산골짜기를 따라 어둡고 험한 산을 넘느라 등걸에 긁히고 물길의 돌에 채이고 힘이 부쳐 주저앉고 싶다. 하지만 대열에서 벗어나면 죽음이라 절룩거리며 생의 대열을 지탱하는 눈물겨운 사투를 벌였다.

숨죽여 경비를 따돌리고 안전한 차에 올라탔을 땐 나도 모르게 안도의 긴 한숨 소리로 가슴을 쓸어내렸다. 사실 남북한 관계의 이산이라든가 탈북에 관해 직접 해당되는 현실이 없다 보니 그다지 관심을 가지고 살지 않았다. 물론 절실한 상황이 아니었고 다만 신의 보살핌으로 그런 아픔을 겪지 않고 살아갈 수 있음에 감사하며 살뿐이었다. 생사를 넘나드는 절박한 그들의 현장을 목격한 후 깊이 마음에 와 닿는 그 무엇을 느끼던 중 화천군 간동면에 있는 탈북자 교육원 〈하나원〉을 찾게 되었다.

들어서면 길을 잃을 만큼 음험했던 첩첩산중 배후령 산자락 아래 너무도 적막하고 횅한 집. 값진 생명을 찾으려 목숨 걸고 달려와 가쁜 숨을 고르는 희망의 등대요 길라잡이 요람인 하나원이다.

눈을 들어 둘러보면 처처에 허허로운 낯선 자리들. 이념과 체제를 달리 살아온 그들은 이곳에서 새 삶을 엮어 갈, 대한민국에서 적응하며 살아갈 방법과 길을 찾는다. 생사의 사투 속에서 오로지 살아남아 목적지에 도달하기만을 숨죽이며 소원했다.

이슥한 밤, 새벽의 찬 공기를 가르며 산비탈 계곡 물길을 따라 그믐밤을 택해 불 반짝이는 국경의 초소들을 따돌리며 트럭에 짐짝처럼 실려 사선을 넘은 사람들, 생명은 참 질기고 거룩했다. 구사일생으로 피안의 땅에 발을 디디고 아가에게 잔잔한 젖가슴 물리고 말라붙었던 심장 쓸어내려 숨 고르고 보니 두고 온 부모 형제 처자식들의 얼룩진 얼굴들로 밀려드는 그리움. 자신으로 인해 두 배의 목숨으로 고초를 당할 가족을 생각하니 해방된 기쁨보다 더한 아픔으로 밤마다 베개를 곧추세운다.

이별의 상실감에 살아 있음을 거부하고 싶은 그들을 위해 또 정착해서 삶을 엮어갈, 에너지를 창출해 나아갈 길을 열어 줄 <하나원>은 치유와 희망의 보금자리다. 이들은 이곳에서 육 개월 동안 사회에 나가 행하고 적응해야 할 법과 질서와 행동지침을 교육받은 후 원하는 정착지에 배정되어 대한민국의 국민으로 살아간다.

교육과정 프로그램 중엔 선택할 수 있는 종교 활동이 있다. 각 교계마다 성직자와 봉사자들로 팀을 이루어 영성을 돕고 있는데 천주교는 미사와 대화시간과 레크레이션으로 친목과 분위기를 조성하는데 미사 중에 그들이 쏟아내는 기도는 첫째도 둘째도 북에 두고 온 가족들의 무사함과 다시 만날 때까지 건강하게 살아 남아주는 일이다. 성가를 부를 때는 경직성을 풀어주기 위해 그들이 즐겨 부르는 북한노래집을 마련해 함께 놓아 주었더니 눈빛이 달라졌다.

미사가 끝나면 바로 준비한 간식과 레크레이션이 시작된다. 금방 돌아올 점심 식사시간을 의식해서인지 간식은 달게 먹지는 않았다. 노래방 기기를 작동시키니 몸과 마음을 다 움직인다. 북한노래집을 내주었더니 잠재된 내면의 끼를 발산하며 묻어 두었던 응어리를 다 풀어내는 듯 토해 낸다. 굳었던 얼굴들은 환하게 풀리고 웃음꽃이 피어오르니 인물들도 달라졌다. 경계하던 눈빛도 부드러워지고 속마음도 다문다문 내어놓기 시작했다. 봉사자들과 멘토처럼 대화를 나누는 시간이 있는데 민감한 내용은 삼가야 하고 부풀린 장밋빛 청사진도 금해야 한다. 살아가면서 다른 환경에 처하면 실망도 클 테니 말이다. 가족 중에 먼저 탈북해 와 자리 잡은 후 넘어온 사람들은 비교적 안정된 생활기반이 되는데 그렇지 못한 이들은 배정된 지역과 직장에 따라 새 삶을 시작하게 된다. 지금 그들의 소망은 하루빨리 다시 만나 얼싸안고 함께 자유와 평화와 행복을 누리며 사는 일이다. 내 부모 형제자매 처자식들 생각에 가슴은 자유롭지 못하다. 파고드는 애틋한 그리움에 목이 메어 얼굴은 굳고 생기가 없다. 그 그리움은 차라리 고향으로 도로 돌아가고픈 심정이리라. 세계에서 유일하게 고향과 부모 형제를 지척에 두고도 〈하나원〉 창밖으로 보이는 저 산을 넘으면 바로 북녘인데 수만 리 낯선 땅 찬 이슬 맞으며 칠흑 같은 어둠의 강 건너 사선을 넘은 수많은 날들, 영락없는 예수님의 강생의 그 길을 닮았다.

사람 사는 세상에 왜 이런 고통과 아픔을 겪어야 하는 걸까? 이 지구상에 하나밖에 없는 비극이다. 사람이 하는 일인데 어느 누가 인류와 평생에 씻지 못할 죄를 범하고 있는가? 지금 그들 앞에서 해 줄 수 있는 일은 오직 그들에게 관심과 사랑을 나누는 일밖에 해 줄 수 있는 일이 없다. 어서 남북이 활짝 열려 헤어졌던 혈육들이 타국 만 리 돌지 않고 우리의 땅 임진강 맑은 물 건너 얼싸안고 만나 손잡고 이 새 생명의 요람인 〈하나원〉을 찾아 가두었던 숨통 열고 함박꽃웃음으로 함께 걷는 날이 오기를 기도한다.

허난설헌을 기리며

두둥실 두리둥실 배 떠나간다.
물 맑은 봄 바다에 배 떠나간다.
이 배는 달 맞으러 강릉 가는 배
　　　　　　　　　—「사공의 노래」중에서

　푸른 바다가 넘실대고 강릉 경포호수 십리 길, 벚꽃이 천지를 흔들면
봄 바다는 해초 내음으로 화답하며 흰 파도로 노래한다. 너무도 아름
답고 정겹고 포근해 살짝 연민이 솟아올라 차분해지는 나를 발견한다.
　빼어난 주위환경과 명문가에서 난 역사적 문장가인 허난설헌과 허균
을 탄생시킨 초당 생가에 앉았다. 솟을대문을 들어서니 수백 년 버티
고 선 배롱나무 몸집이 긴 세월 풍상과 생가 식솔들의 생을 안으로 삼
키다 닳고 닳아 매끄럽다. 이끼 긴 기왓장은 참새 떼를 부르고 때 묻은
툇마루엔 옛 주인의 한 맺힌 삶을 비춰보는 듯 빛을 잃었지만 뜰에 핀
홍매화는 화사함을 넘어 고고하기까지 하다. 마루에 올라 방마다 문
설주마다 초희를 불러 내 마음을 건네 본다.

　잿빛 허공으로 꽃비 내리던 삼월 열아흐레 날
　순백의 눈꽃 속에서 난으로 피어났던 그대

여린 홑꽃잎 비바람에 지듯 먼 길 떠나셨네.

절세가인 어진 품성 타고난 당대의 신동
어리광 유년에 신선을 꿈꾸고
달(月)의 광한전에 백옥루를 짓던 아씨

여인으로 태어나 깊게 맺힌 한의 옹이
연년으로 가슴에 묻은 자식 아리우는 세월을
창작으로 승화시킨 찬란한 기개여!

꿈속에서도 글 문 연 비망의 몽유가
화관 쓰고 향안에 마주 앉아 풀어낸 옥고들
경포호 은물결에 꽃잎으로 흩뿌렸네.

빼어남의 슬픔이련가
짧은 인연의 비애이련가
가두었던 한을 그리움으로 삭이는 초당 뜰
꽃불 컨 홍매화 가지에 혼으로 와 앉은 그대
염화시중의 그 미소가 이 봄도 겹다.

착각

목욕탕에 들어가면 늘 어느 누군가가 등을 밀어주는 천사들을 만난다. 때 수건을 손에 깔고 구부려 밀고 있으면 어김없이 등 뒤에서 "밀어 드릴 게요!" 속삭이며 때 수건을 빼앗는다.

어느 날엔 뒤 돌아보니 다리에 장애가 있는 분이 내 등을 밀고 있었다. 난, 그럴 때마다 "아! 내 몸매가 가냘프고 아름다우니 밀어주고 싶은 게야"하며 내심 교만을 떨기도 했는데 한번은 "혼자 오셨나요? 손 돌아가지 않는 등은 다른 손이 밀어줘야 시원해요. 때도 없네요!"한다. 아차! 이런 착각이라니….

그들은 부자유스러운 몸짓으로 등을 밀고 있는 내 모습이 안쓰러워서임을 알게 되었다. 착각은 자유이고 한계가 없으며 늘 착각 속에서 살아가는 일상이다. 함께 살아가는 가족들이 늘 내가 잘나고 좋아서 웃음 주고 사랑 주는 줄로 알고 내 몸은 늙지 않고 병들지 않을 것이라는 야무진 착각, 사는 데 부족함이 없고 마음먹는 일이라면 못 이

룰 일 없고 내 부모 형제자매들은 아무렇게나 대해도 섭섭해하지 않고 상처받지 않을 줄 알았던 한심한 착각. 첫사랑 소년 소녀가 지금도 사랑하고 있는 줄 아는 아름다운 착각, 시골 사람들이 아직도 순박하고 후한 줄 알고 저 사람 만큼은 내 부탁을 들어주리라고 철석같이 믿었는데 단호하게 거절당하고 상처로 절망하는 아리운 착각, 남들은 다 행복하고 난 불행하며 잘난 부모는 자식들도 다 잘났으리라는 생각과 별 볼 일 없는 부모는 자식도 별 볼 일 없으리라는 착각의 착각, 하늘과 바다와 땅은 영원하고 들과 산에 피고 지는 나무와 풀과 꽃들도 늘 영원토록 내 곁에 있어 주리라는 신뢰의 착각은 나를 일으켜 세워 준다.

온난화로 시도 때도 모르고 한겨울에도 봄이 온 줄 알고 피어나는 꽃과 잎들의 착각이 행복하다. 행사 날짜를 착각해 바쁜 시간을 쪼개어 부지런히 차리고 도착했을 때 텅빈 공간의 공허함을 겪어 보았는지 닦지 않은 구두와 끝에 살짝 실밥 터진 내 스카프를 온 세상 사람들이 그것만 쳐다볼 것 같은 자잘한 착각들, 온통 사람들은 엉뚱한 일에 몰두해 있는데….

착각은 정말 자유다. 어느 지인의 이야기다. 고교생 딸이 감기 걸려 약을 지어 왔다. 저녁 상차림이 바쁜 그녀는 바쁜 와중에도 거실에 앉아 TV를 보는 남편에게 약을 털어 먹였다. 저녁 식사 후 딸이 "엄마! 약 주세요!"했더니 "저놈의 정신머리, 아까 너 약 먹었잖아!"하며 모녀가 싸우는 걸 보던 남편이 "아까 무슨 약 날 먹였잖아!" 하더란다.

이쯤 되면 착각이 아니라 치매에 가깝다. 초등학생 때 곤한 낮잠을 자고 저녁 무렵 일어났을 때 아침인 줄 알고 책가방을 챙겼던 유년의 귀여운 착각은 한 번 더 돌아가보고 싶다. 때로는 돌아가신 내 부모 형제가 어느 날 갑자기 내 앞에 나타날 것만 같은 착각은 잠시라도 나를 설레게 했다. 특히 세상에 하나밖에 없던 여동생은 나보다 먼저 가면 안 된다는 철칙 같은 착각이 지금도 공항에 왔노라고 전화벨이 울릴 것 같다. 소망하는 일이 잘되면 내 탓, 안되면 조상 탓이라는 착각. 리모델링 한 내 집 한옥이 청와대보다 더 좋게 보이던 황홀한 착각, 모든 자체가 닮고 싶었고 우상 같았던 거인들은 좀스럽고 치사한 짓 안 할 것이라고 믿었던 착각, 때로는 내가 우상이 된 듯 가식의 날개를 펴보는 어지러운 착각, 아들, 손주며느리가 내 분신인 줄 알았던 야무진 착각, 모처럼 받은 소소한 칭찬에 신데렐라가 된 듯한 신나는 착각, 고향이 그리던 옛고향이기를 바라고 떠다 먹는 샘물이 미네랄 보고라고 믿고 내가 선택한 모든 것은 다 옳고 맞고 명품이라는 구제 불능의 착각, 교통사고로 골절상을 입은 환자가 금방 당하는 고통이 힘들어 겉은 멀쩡하게 돌아다니는 암 환자를 부러워하는 기막힌 착각, 요즘 인기 절정에 있는 삼둥이들을 보며 저 애들은 부모가 능력 있으니 키우는 것이 재미만 있을 것이며 장애아를 가진 부모들은 늘 한숨 속에서만 살아갈 거라는 속단 된 착각, 해변에서 떠오르는 월출을 보며 지금 이 순간만큼은 저 달을 볼 수 있는 사람은 나 하나뿐일 거라며 행복에 겨운 아름다운 착각, 하기야 달은 같은 달이지만 집안에서 보는 달과 창틈으로 보는 달과 동산에서 보는 달의 모습은 다를 수 있어 깊숙이 들어가는 탐험에는 특별한 세계가 있다.

이렇듯 우리는 매일 착각 속에서 살아간다. 착각은 일과 사람을 그르치고 죽이기까지 하는 무서운 존재이기도 하지만 때로는 위기를 모

▶ 「착각」의 마지막 부분은 205페이지에 있습니다. 양해 바랍니다.

봄날

    홍천 〈높은터〉 골짜기 끝자락을 오르면 횡성 삼마치로 빠지는 길이 나온다. 그 길은 마치 대관령 옛길 축소판처럼 황톳길이 펼쳐지는데 사람들이 전혀 다니지 않는 길이다. 언제부터인가 나는 누군가가 그립고 보고 싶고 또 쉬고 싶을 땐 그곳을 찾는다.

    고개를 들어 하늘을 쳐다보면 쪽빛 바다가 하늘 병풍을 걸어 놓은 듯하고 잔잔한 소나무와 침엽수 사이로 은사시나무가 하얀 비늘을 반짝이는 이 골 깊은 산골짜기는 고요함만이 대자연과 속삭이고 있어 굽이진 모퉁이 하나씩 돌 때마다 상념에 잠기게 한다.

    고랭지인 이곳은 봄이 아주 늦게 찾아온다. 이 봄날 동행한 반쪽은 요즘 트럼펫 삼매경에 빠졌는데 집에서는 이웃에 민폐가 염려스럽던 차에 봄나들이로 고즈넉한 나무그늘 아래 자리를 폈다. 올해도 그렇게나 끄떡없이 겨울을 나고 수액을 퍼 올려 틔워낸 연둣빛 잎들을 달고 팔랑이는 나무들과 늦둥이 꽃을 피운 산수유 가지에 이름 모를 산새가 노래하는 신작로를 걷기 시작했다. 이 골짜기는 내 안에 깃든 모든 감정과 울분을 마음껏 웃고 울고 토해내도 듣는 이 없어 절제와 가식의 굴레를 벗어버리고 진정한 나를 만날 수 있는 유일한 안식처이다. 물이 뚝뚝 떨어질 것 같은 하늘을 향해 소리를 질러본다. 아! 그립고 보고 싶은 사람아! 마음 마디마다 저려오는 그리움, 오늘도 여지없이 푸른 창공으로 맴돌아 아파온다.

영원히 만날 수 없는 혈육들이 이 봄날 너무도 보고 싶다. 출구 없는 근원을 향해 원망과 분노를 던지며 봇물 터지듯이 따지고 투정하고 요구하고 절규한다. 왜 사람은 새 생명을 꽃피울 봄이 없는가? 소리 없고 일렁임조차 없는 바람이 내 몸과 마음을 감미롭게 스치고 새 한 마리, 꼭 날 닮은 외로운 산새 한 마리 퍼드득! 깃을 세울 때 그때 서야 나는 속삭이고 애원하고 감사하며 다짐한다. "외로우니까 사람이다! 아픔? 기쁨? 이 또한 모두 지나가리라!" 손에 든 묵주 알이 다 돌아갈 무렵 목적지에 이르렀다. 그곳은 다른 신작로 보다 두 배는 넓고 마사토가 곱게 깔렸으며 제법 큰 떡갈나무 그늘도 있고 시야에 펼쳐지는 산등성이와 구릉이 탁 트여 경치가 아주 근사한 곳이다. 등줄기에 배인 촉촉한 땀을 불어오는 산바람에 잠시 식히고 돌아오는 길은 몸도 마음도 아주 경쾌하다. 마치 심부름을 성공적으로 마치고 돌아오는 어린애처럼이나~ 그리고, 혼자 누리는 듯한 이 아름답고 행복한 순간에는 함께 동화할 수 있는 지인에게 기별하고 싶어진다.

돌아오는 산모롱이 두 굽이를 들어섰을 때 신작로 한 귀퉁이에 너무도 조그맣고 노오란 아기풀꽃, 그 곁에 조심스레 앉아 내 얼굴을 풀꽃 키만큼 대어보았다. 얕은 몸짓에도 흔들릴 것 같은 그 작은 풀꽃이 따사로운 햇살을 얼굴에 이고 어쩜 이렇게도 해맑고 어여쁘고 즐겁게 혼자 피어 한들거리고 있을까. 이 넓은 우주 공간 중 이곳 이 자리에 외롭다는 말 한마디 보챔도 없이 행복하게 피어 웃는 널 닮고 싶구나! 어찌하여 갈 땐 너를 못 보았더냐? 갈 땐 보이지 않던 네가 되돌아올 땐 보이는 이치는 마음의 눈을 뜨지 못했기 때문이리라. 세상 사는 이치가 다 그러하다. 셀 수도 없고 잴 수도 없는 광활한 우주 공간을 뚫고 이 작은 풀꽃 얼굴까지 햇살을 비추시는 신의 공평함을 확인하며 마냥 봄날에 겨워 있을 때 산등성이 정상에서 아련히 들려오는 미완성 트럼펫 소리가 간간이 끊어졌다 이어지기를 반복한다.

이 깊고 고요한 산속에 메아리 되어 울려 퍼지는 악기 소리는 물빛 하늘과 싱그러운 봄바람이 소리와 어우러져 마치 목동이 양 떼를 풀어놓아 풀을 먹인 후 저녁이 되어 집으로 가자고 부르는 피리 소리처럼 애잔하게 들렸다. 불러주는 이 있고 갈 곳이 있다는 것은 축복이다. 순한 양이 되어 온갖 상념에서 벗어나 산등성이를 향해 서두르던 내 발길에 차인 봄 쑥 한 무덤에서 내뿜는 진한 쑥 향이 골짜기를 가득 메웠다.

면해 주고 웃음과 해학도 주고 위로가 되기도 한다. 벼락 맞은 대추나무가 활짝 웃었다. 염라대왕이 "죽으면서 뭐가 그리 좋으냐?"고 하니 사진 찍는 줄로 착각했더란다. 반세기가 넘도록 전쟁이 일어난다고 착각하며 살았고 이천년이면 지구의 종말이 온다고 했지만 착각 속에 살았다.

착각과 공생하며 살아온 것이다. 그러나 이 무수한 착각 속에서 착각이 아니기를 간절히 소망하는 것이 있다. 남을 배신하고 해를 끼친 사람들이 절대로 아무 탈 없이 잘 살아갈 수 없다는 사실이 착각이 아니었으면 좋겠고 내 남편이 목숨 걸고 내게 달려온 그 정열과 한평생 잘나 보였던 능력과 젊음의 초심이 착각이 아니었으면 좋겠고 내가 믿는 신앙이 한 점 틀림없는 구원의 신앙이라는 내 믿음이 착각이 아니었으면 참 좋겠다.

봄내에 피워낸 산목련의 노래

낭만이 흐르는 호반의 도시 봄내 춘천! 도약하는 수부 도시 춘천 하늘 아래엔 이백오십여 명의 재춘 강릉여고 동문들이 둥지를 틀고 가정과 직장과 사회에서 중추적 역할을 하며 함차고 자랑스럽게 살아가고 있다.

위로는 6기의 대선배님들과 아래로는 60기의 후배. 매년 4월에 총회를 개최하고 9월에 야유회 겸 단합대회 행사를 진행하며 각 기마다 대표를 선출해서 격월로 기 대표 모임을 가지고 모든 행사의 운영은 기 대표회의에서 발제 결정 순으로 진행이 된다.

동문들의 다양한 사업과 직장에서 분출되는 에너지는 동문회의 든든한 자산이며 저마다 소유한 다양한 장르의 재능들 또한 문화와 예술에서 저력을 유감없이 발휘해 위상을 높이는 계기로 자리매김하고 있다. 들어내지 않는 끼를 부추켜 삶을 더욱 진취적으로 유도하고 활성화시키기 위해 지난봄 총회에는 이벤트 행사를 마련했다.

목련과 철쭉이 흐드러지고 춘천시를 한 아름 품에 안은 봉의산 자락의 세종호텔 세종홀, 개성에 맞춰 차려입은 여인들의 자태 아름답고 훈풍에 스치는 머릿결들 청순해 여고시절의 추억을 일깨웠다. 제1부 총회에 이어 만찬이 끝나고 제2부 축제의 공연 서문은 동문들로 구성된 화부산문학회라는 문학동아리가 총회에 맞춰 발간된 다섯 번째 문집 『목련이 피면』의 출판기념회를 곁들였는데 작품 중에 한편을 골라 은은한 음악 속에 낭송가의 낭송은 애잔한 내용의 수필과 앙상블을 이루어 듣는 이로 하여금 진한 감동을 주었다.

챌로독주로 무대에 오른 동문은 시향의 수석을 역임한 주자답게 ⟨SunRise SunSet⟩ 곡을 연주해 봄밤을 더욱 감미롭게 했고, 현재 강원도 유아교육진흥원장으로 재직하고 있는 동문의 ⟨아낌없이 주는 나무⟩의 특강은 영상매체를 준비해 입체적으로 지금 한창 손자나 외손자들을 지근에서 도우며 기르는 할머니들에게 소통의 길을 열어주었다. 중창엔 각각 파트를 나누어 ⟨4월의 노래⟩와 ⟨10월의 어느 멋진 날⟩을 의상까지 갖추어 화음을 맞추니 프로 중창단 부럽지 않았고, 칠순의 연세에도 아량 곳 없이 모든 악기를 다루며 시니어 악단의 단장을 맡아 위문공연과 발표회로 청춘 같은 삶을 살아가는 동문의 하모니카 연주는 참석한 전 동문들이 함께 따라 부르며 흥을 돋우는 기폭제가 되었다. 이처럼 삶을 젊게 살 수 있음은 강릉여고에 진학해 좋은 음악 교사를 만나 음표 보고 듣는 눈을 틔워줘 감사하며 산다는 선배의 말이 깊은 의미를 부여했다.

춘천 동문회가 발족된 이래 처음으로 임원진을 대동하고 지역 동문의 사기 진작을 위해 자리하신 본교 총 동문회 회장의 독창 ⟨그리운 금강산〉은 그 어느 성악가에도 손색이 없는 발군의 실력으로 축제를 한층 더 업그레이드시켜 주었다. 마지막으로 스포츠댄스팀은 여러 기로 구성된 열 명의 동아리들이 이번 총회 축제를 위해 바쁜 일상 속에서 틈틈이 준비한 작품으로 화려한 의상과 소품들, 가끔 동작이 틀려 더 아름답고 재미있었다. 그렇게 감미로운 봄밤은 깊어만 갔다. 먼 길 마다않고 달려와 평소 느껴보지 못했던 동문애를 깊이 심어 주고 떠나는 강릉 총동문회 임원진들의 늦은 귀향길은 마침 구름 한 점 없는 화창한 날씨를 공덕의 상으로 주신 신의 손길 위에 차창을 스치는 밤바람과 별과 우정과 사랑을 나누어 보람 있고 즐거웠으리라 믿어진다. 우정과 사랑은 이렇듯 열정을 가지고 자주 모여 연습하는 과정에서 더욱 돈독해지고 그런 축제의 장을 통해 웃음과 해학과 감탄과 즐거움을 감동으로 승화시킴을 보았다.

유난히 무덥던 여름을 견디어 내고 산들바람이 언덕과 강을 파고드는 쨍한 가을날, 소양강 근교 하이록 한우농장에서 하반기 야유회가 열렸다. 교사 출신 부회장의 매운 호루라기 지휘 아래 그동안 잊고 살았던 추억의 게임 놀이와 찹쌀 떡메치기로 추억의 삼매경에 취해 보았으며 맑은 하늘과 전날 비를 뿌려 온통 풀과 나무들을 세제로 닦아 놓은 듯한 9만 평의 농장에서 두둥실 떠가는 구름을 향해 금방 화음을 맞춰 부르는 노랫소리가 구릉과 강으로 메아리칠 때 우리 선후배 구별 없이 환한 얼굴로 하나가 됨을 보았다.

자녀들 뒷바라지로 아직은 자유롭지 못한 3040이 많이 동참하지 못하는 아쉬움 속에 틈틈이 보내 주는 재직 시청 동문 동아리 팀들의 아낌없는 협조로 힘을 배가시키고 강릉시에 소재한 남녀 고교 출신 동문들로 구성되어 있는 재춘 향우회에도 임원들의 적극적인 동참으로 애향심을 고취시키고 있다. 어느덧 비에 젖은 단풍이 더욱 붉어 마지막 열정을 토해 낸다.

이제 겨울이 가고 봄이 오면 추위 속에서도 쉼 없는 자양분을 만들어 싹을 틔울 봄을 준비하는 대자연의 나목들처럼 저희 이백 오십여 동문들도 각자 자신에게 주어진 삶에 깃을 세우고 동문이라는 울타리 안에서는 더욱 진취적이고 웅숭깊은 사랑과 우정을 계속 쌓아갈 것이다.

제5부

기고문

피정避靜

건강한 삶을 영위하려면 육신의 때를 씻어 내는 일도 중요하나 마음의 때를 벗기는 일은 더욱 중요합니다.

지난해에 얻은 심신의 과부화가 아직도 상처로 남아 꽃들 피어 속삭여도 합창하지 못하고 아픈데 마침 글을 쓰며 신앙을 공유한 지인들과 찌든 일상들을 훌훌 털어버리고 피정의 길을 떠났습니다.

경기도 의왕의 라자로 마을에는 말씀의 집이 있고 영혼의 쉼터가 곳곳에 있는데 오늘은 그곳에서 유명한 이탈리아어과 교수님의 특강도 있었습니다.

단테의 웅숭깊은 신앙의 노래, 신곡(神曲)은 잠시 흐트러진 나의 삶을 되돌아보게 했고 유창한 이탈리아어로 낭송되는 단테의 시 한 구절은 감미롭기 이를 데 없었습니다.

마을에는 벚꽃과 매화꽃이 잔잔한 바람에 꽃비 되어 쏟아지고 어디선가 진한 꽃향기까지 날아와 심신을 정화 시켜 주는데 성당 옆 뜰 원추리밭에는 패랭이꽃 제비꽃이 끼어 앉아 유난히 맑은 햇살을 이고 고요의 산 아래서 피정 중입니다.

야산 처처에는 높고 낮은 땅, 생긴 원형대로 계단과 산책길을 만들어 명상과 기도를 마음껏 할 수 있었으며 맑고 밝은 지인들의 얘기꽃 웃음꽃은 잠자던 세포를 흔들어 깨웠습니다.

성당 제대 앞에 앉아 손 모으고 눈을 감으니 고요와 평화가 온몸을 휘감아 돕니다.

천국과 지옥은 자유의지에 의해 선택되는 것.

온갖 스트레스와 근심, 걱정, 질병, 빈곤으로 인해 세포가 야위어 갈 때는 좋은 말씀과 아름다운 대자연을 통해 생각과 발상의 전환으로 힘을 얻고 내 안의 나를 내가 지킬 수 있는 힘을 키웁니다.

피정은 잊었던 나를 찾을 수 있는 통로입니다.
오늘따라 더욱 청 빛 하늘이 잿빛 나의 시야를 걷어 내어 상쾌한 목욕을 합니다.

마치 쪽빛 하늘이 잿빛 바다를 걷어내듯이….

긍정의 힘

내가 사는 곳에 아름답고 애틋한 등산로 산자락이 있음은 축복입니다.

국사봉은 낮지만 제법 사계를 유감없이 보여주고 모든 이의 에너지 원 역할을 톡톡히 하여 오를 때마다 나무 한 그루 풀 한 포기도 예사롭게 대하지 않아 심신을 치유하는 장소로 사랑받는 곳입니다.

정상으로 오르는 길은 세 개의 큰 줄기로 생겨 있었습니다. 그런데 작년에 차량의 원활한 시가지 통행을 위해 길이 뚫리는 바람에 산줄기 두 개가 마치 두 다리가 잘려나간 것처럼 절개되어 한 줄기는 로봇 다리로 등성이와 연결은 되는데, 하나는 동강이 난 채로 옛 모습 찾을 길 없이 나뭇잎에 길은 묻혀 추억만 새겨보는 상실의 아픔을 주었습니다.

그 화사하게 꽃피우던 복숭아밭은 다 베이어 수난을 당한 듯하고 산속 진달래는 괜히 왜소해 보였습니다. 등산로의 연결통로는 로봇 다리밖에 없으니 건널 때마다 마음이 메마르고 아팠습니다.

그러던 어느 날 다리 위에서 내려다보니 4차선으로 뻥 뚫린 차도 옆 산뜻하고 넓은 보도에는 아이, 어른, 학생, 장애인들이 아주 여유롭게 즐기며 등하교를 하고 걷고 조깅과 산책하는 모습을 보았습니다. 신 도로는 산을 잘라 만든 길이라 조용하고 저물어가는 일몰의 은은한 노을빛까지 더해 새로운 힐링의 거리로 태어났습니다.

벌집을 쳐내면 벌들이 새로운 보금자리에 둥지를 틀 듯 재빠른 시민 들의 적응능력이 나의 외골수를 강타했습니다. 개발을 부정적으로만 봤던 근시안적 안목으로 변화에 선뜻 동참하지 못한 불통을 곱씹으며 품이 더 넓어진 국사봉 기슭에서 전개되는 또 다른 층의 혜택과 소통 을 새로운 각도로 보니 그것은 긍정의 힘이라고 일러줍니다.

오솔길

　옛날 우리네 길은 밤 꿈길에서 깨어나면 논둑 밭둑 이랑을 거쳐 신작로로 연결되고, 그곳에서 아침이 시작되었습니다.

　한여름날 이글거리는 태양 속의 신작로엔 김말이 주먹밥을 싸 들고 하곳길의 타래진 딸을 위해 잔걸음 디디시던 하얀 모시 적삼의 내 어머님이 아직도 그 길에 있습니다.

　지금의 도시는 눈 뜨면 아스팔트 길 위에서 아침을 엽니다. 보이는 길, 보이지 않는 길, 이 유형 무형한 무수한 길 속에서 삶이 시작되고 마무리됩니다.

　보이는 길보다 보이지 않는 마음의 길, 구도의 길은 그 깊이와 무게를 헤아릴 길 없고 지난한 세월 걸어왔고 오늘도 걷고 내일도 걸어야 할 새로운 길. 그중 자라나는 아이들을 올바른 길로 걷게 해 줄 방향 제시의 길은 미래를 바꾸는 길입니다.

그 수많은 길 중에 산새 소리와 함께 땀 흘리며 걷던 산길과 푸른 대지 위에 흰 뭉게구름 피어오르던 유년의 들길은 너무 아름다워 눈물이 납니다. 큰길보다는 작은 길이 더욱 정겹습니다.

오솔길!

미루나무 그늘 아래 소금쟁이 물방개가 물장구치는 강가에 이름 모를 풀들이 살짝 길섶을 덮은 촉촉한 길. 손길 발길 닿지 않은 외진 산속 솔숲 사이로 솔잎과 떡갈잎이 덮여 다람쥐가 꿈을 꾸는 한적하고 좁은 길. 그래서 모든 짐 다 내려놓고 가슴이 열리고 미소로 저절로 입이 열려 불어오는 청정한 산바람을 깊게 호흡으로 채우는 산소 덩어리의 그 길.

오솔길!

가파른 숨 멈추고 잠시 쉴 수 있는 고요의 길. 쉼을 거부하는 가파른 계단의 삶에서 생각만 해도 세포가 살아나는 오붓한 길. 생명의 길, 오솔길입니다.

새 역사를 쓰는 그 날

광복 70주년을 맞이하는 이 뜻깊은 8월의 하늘은 더욱 푸르고 맑다. 돌아다보니 2011년 7월 16일, 도청 앞 광장에 모여앉아 숨죽이던 순간 더반에서 날아온 낭보에 전 국민의 환호와 도민들의 뜨거운 눈물은 세상을 평정한 듯 흥분의 도가니였다.

그런데 대회 세 자리 수 날짜로 다가온 지금 드높던 환호와 뜨겁게 적셨던 눈물은 사라져 버리고 성공개최를 걱정하지 않으면 안 될 상황에 직면해 있는 듯하다.

평창과 인접해 직접적인 영향이 있는 도시들은 적극적인 준비로 부산한데 변방의 도시민들은 깊고 절박하게 체감하지 못하고 심지어는 막대한 빚으로 꼭 평창 동계올림픽을 열어야 할 필요성도 동의하지 않는 정서가 많다.

나부터도 아직은… 했던 의식이 솔직한 고백이다. 그러나 주사위는 던져졌다. 이젠 느긋할 일이 아님을 절감한다. 우선 미온적인 의식을 일깨워 적극적인 저변확대를 위해선 자극제가 있어야 한다.

다양한 매스컴을 통해서든 축제장을 통해서든 동참하여 상황이 어떻게 돌아가는지를 알아야 저마다 할 수 있고 보일 수 있는 역량을 최대한 발굴해 낼 수 있다. 그러할 때 시민의식은 싹을 틔울 것이다. 의식이 서면 손님맞이가 훨씬 쉬워진다. 일상에서 내 집에 오는 간단한 손님맞이도 대청소를 하고 옷 매무새를 바로 잡고 음식을 장만한다.

하물며 평창 동계올림픽은 국가 대사이기도 하지만 강원도로서는 처음이자 마지막 같은 큰 손님맞이이다. 친절과 기본질서와 교양은 하루아침에 이루어지는 일이 아니다. 행하기를 반복해서 생활화하고 체질화시켜야 한다. 지금까지 동계올림픽을 치른 역대 도시들을 찾아 성공과 실패의 패인과 시행착오를 분석하고 꼼꼼히 챙겨 보완하는 작업이 있어야 하겠다.

에드벌룬을 띄우고 춤추고 노래함도 의식을 고취시키는 한 방법이 될 수 있겠지만 보이지 않는 내면을 갈고 닦아 내방 한 지구촌 손님들에게 준비된 주인의 모습을 보여줄 수 있는 의식 운동도 문화도민으로서의 역할이라 하겠다.

주변 지역의 환경 정화와 시각적인 불쾌감을 유발할 수 있는 흉물스런 건축물이나 도로를 정비하여 산뜻한 이미지를 부여하고 자랑꺼리인 토속음식들이 손님들의 입맛에도 흡족할 수 있도록 연구계발해야 할 것이다.

미소 짓는 얼굴로 친절을 몸에 익히고 언어도 순화되어야 한다. 특히 공공질서는 나라와 지역의 근간이 되는 척도라고 본다. 도시민들의 힘으로 할 수 없는 시설물들은 도나 국가가 차질 없이 수행 해 나갈 것이겠지만 볼거리 즐길꺼리는 우리의 몫이다.

강원도의 묻혀 있는 수려한 자연경관을 아낌없이 들어내 또 오고 싶은 곳으로 만들기 위해서는 발로 뛰며 찾아내어 상품화시켜야 빛이 난다. 동계올림픽은 평창에 국한된 행사가 아니다. 주변 도시는 물론 국가적인 지구촌 올림픽이다. 개최지 주변 도시에는 가치를 가늠할 수 없는 유구한 역사의 유물과 유품들을 많이 소장하고 있다. 도시민들의 적극적인 동참 하에 묻혀 있는 문화재들을 찾아내어 각 기관을 연계하는 프로그램이 계발된다면 아주 진취적인 빛을 발하는 문화 올림픽이 되지 않을까 싶다.

이렇게 좋은 플랜을 실행하기 위해서는 능력과 수준에 걸맞는 리더가 필요하다. 리더의 역량이 수동적인 도민을 관심과 동참으로 이끌어내고 통합을 이뤄내는 지대한 힘이다. 그래서 국가적인 차원으로 올림픽의 중대성을 부각시킬 때 모든 준비와 호응도는 달라진다.

그리하여 일부 관심도 없고 냉소적인 국민과 도민들에게 동감하고 동참하고 통합할 수 있는 동기유발을 촉진하고 모색해야 한다. 지금 제일 시급한 과제는 무엇보다도 전 도민이 주인의식을 가지고 힘을 모아 하나가 되어 붐을 조성해서 어우러지는 통합의 장을 만드는 일이다.

구름도 쉬어 가던 하늘 아래 첫 동네. 감자꽃과 메밀꽃이 밤길을 밝히고 눈꽃 피던 은하의 골짜기 평창, 송어 떼가 맑은 눈물 흘리던 평창강 둔덕에 새 역사를 쓰는 그 날. 한 점 부끄럼 없고 빈틈없이 준비하여 지난 2002년 월드컵 축구경기가 펼쳐졌을 그때, 전 국민이 붉은 물결로 '대한민국! 짜자자! 짠짝!'를 박자 맞춰 외치고 춤추었듯이 평창

동계올림픽이 후손들에게 빛나고 길이 남을 축제로 우뚝 서 강원도의 새 역사를 쓰는 그 날이 되어주기를 간절히 소망하며 웅크리고 있는 내 안의 속 매무새에 채찍을 가하려 한다.

그날은 점점 다가오는데

　전국 시·도의원들이 동계올림픽 개최지인 평창과 강릉을 둘러보고 시설준비에 감탄을 자아냈다고 한다. 인천공항에서 강릉까지 속사포처럼 기차가 달리는 날이 멀지 않았다.

　각종 올림픽 경기장들의 위용이 조용하고 한적했던 도시를 풍성하게 품는 어느 날 각종 올림픽시설물을 돌아봤다. 그 옛날 들어갈 수도 없었던 외진 비탈 맹지가 거대한 녹색 체험관으로 웅장하다. 산뜻한 아스팔트 길옆, 자투리땅 돌담 옆으로 야생화인지 풀꽃인지 이름 모를 풀들은 옛 모습 그대로였다.

　웅장한 건물에 비해 내부에 소장된 볼거리들은 아직은 미완성된 부분도 있었고 다소 왜소했다. 프런트엔 마침 일행과 친분이 있는 분들이라 특별히 선물이라며 포스트카드 한 권씩을 건네었다. 이처럼 특별한 대접은 늘 누구에게나 기분 좋고 설레는 일이다. 친절함에 공연히 관심이 더 가고 온통 강릉이 모두 훈훈해지는 느낌이다.

몇 군데를 더 둘러보고 늦은 오후 강릉터미널에 도착했다. 승차시간 이 넉넉해 출출한 생각이 들어 바로 터미널 안에 자리한 토스트 가게 를 들어서니 손님은 한 명도 없고 여주인 둘이서 주문을 받았다. 토스 트가 나왔다. 셀프라고 주문대에 가서 받아와야 했다.

쟁반에다 썰지 않은 토스트를 담았기에 '아! 이거 조금 잘라주시겠 어요! 했더니 가위를 덜렁 내놓는다. 손도 씻지 않은 상태고 해서 '좀 잘라주세요!' 하고 쳐다보니 너무도 무표정하고 불친절한 모습으로 잘 라준다. 물 한 컵을 부탁하니 사 먹어야 한단다. 속마음으로 바쁘지도 않은 시간에 좀 친절하면 안 될까? 라고 생각되는 그 찰나 어떤 중년 남성이 들어왔다. 그 무표정한 얼굴이 금방 달라지면서 반기는 모습이 너무도 달랐다. 잘라 달라고 하지 않았는데도 그분이 자리한 탁자에 와서 잘라주며 물까지 떠다 준다. 아마 가게 주인이 임대료를 받으러 온 듯싶다.

저렇게 웃고 친절할 수 있는데 필요하고 아는 사람에게만 행하는 편 협성. 개인 인간관계에도 있어서는 안 될 행동을 천지사방에서 무수한 사람들이 드나드는 터미널 안 영업집에서 보아야 했다. 받아놓은 올림 픽 개막일은 자박자박 다가오는데 어느 때보다도 민간의 역할이 중요 한 때다. 자발성과 주인의식 없이는 알맹이 없는 온통 건물만 덩그렁 한 잔치에 지나지 않는다.

얼마 남지 않은 기간 친절과 미소를 여러 번 반복해서 습관화시키고 체질화시켜야 한다. 축제 때면 어김없이 도깨비방망이처럼 불거져 나 오는 바가지요금, 불친절, 반칙만 없어도 성공한 올림픽이 될 수 있을 것이다.

머물고 떠난 자리

지난가을 감이 익을 무렵 댓잎 서걱이는 우리 집 한옥에 귀한 손님들을 모시게 되었다. 마당에 풀도 뽑고 그동안 빛바랜 마루와 기둥엔 칠을 빛나게 하고 종이 장판도 손보고 이부자리도 새로 준비하며 머무는 동안 쾌적한 환경을 위해 동분서주했다.

드디어 음력 열사흗날 뜬 달빛과 함께 저녁 늦게 도착한 그분들은 생활하고 계신 곳과는 너무도 다른 환경에 경이로움과 설레임으로 사뭇 흥분하고 있었다. 바쁜 여정 속에 행하지 못했던 휴가를 내 집에서 보내기로 한 것인데 좋아하는 모습을 지켜보니 그렇게 기분이 좋을 수 없고 준비했던 보람을 느끼기까지 했다.

나무 향기 진동하고 포근하고 따끈한 구들방에 앉아 행복해하는 그분들을 바라보는 흐뭇함이 생각보다 아주 컸다.

아침엔 동트기 무섭게 가지런히 다듬어 놓은 마당을 거닐며 동쪽 산봉우리에서 떠오르는 일출을 열며 환호한다. 나도 덩달아 들뜬다.

낮이 되니 아랫녘에 주렁주렁 열린 감나무에 홍시를 따라고 장대를 드리워 주고 밤나무 밑은 수월하게 알밤을 주울 수 있도록 풀도 깎아 내 주었다. 마루에는 흰 고무신도 마련해 놓고 마루에 벌러덩 누워 해맑은 공기를 마음껏 마실 수 있게 윤이 나도록 닦아 놓았다.

저녁 때 귀갓길엔 시골길 서투를까 봐 주마등도 환히 밝혀 놓고 임금님 진상품이었던 낙산 배도 준비했다. 누군가를 위해 준비할 수 있음도 축복이다. 내 집을 찾아오신 이들을 위해 가진 모든 것을 다해 즐겁고 편안한 쉼터가 되도록 살폈다.

4박 5일의 여정이 끝나고 떠나는 아침이다. 식사가 끝난 후 생각지도 못한 정경이 벌어졌다. 네 분이 모두 집안 청소에 들어갔다. 강하게 말렸지만 한사코 베갯닢까지 벗겨 세탁기에 넣고 당신들이 머물던 모든 곳을 물걸레질까지 하고 화장실까지 닦아낸다. 민망할 정도로 뜰까지 쓸어 낸 후 아름다운 화음으로 축복의 노래까지 불러주고 떠나셨다. 그분들은 늘 그렇게 일상이 습관화되어 있었다. 평생 이렇게 아름답게 머물고 떠난 자리는 처음 본다.

그로부터 며칠 후 삼척 새천년 도로를 따라 흰 파도를 밀어내는 쏠비치 호텔로 가는 길에 TV 맛자랑에 나왔다는 횟집에 들렀다. 명성에 걸맞게 손님들은 대기 상태였고 미처 먹던 상을 치우지도 못한 상태에서 식탁으로 밀어 넣어졌다. 금방 먹고 떠난 그 자리는 온통 물티슈에다 휴지와 생선뼈며 약봉지에 쓰레기통도 그런 쓰레기통이 없다. 순간 나의 모습이자 우리 모두의 모습임을 깨닫고 잠시 방법을 생각해 봤지만 불편하더라도 아예 사용하지 않게 하는 방법밖에 답이 없었다. 밥을 먹기도 전에 입맛이 뚝 떨어졌고 난장판을 만들어 놓고 떠난 자리는 참혹했다.

 그렇다. 우리 강원도는 이제 일 년 남짓 지나면 동계올림픽촌으로 세계에서 손님들이 찾아온다. 강릉을 지나다 보니 올림픽촌 아파트들도 거의 완공 단계에 있었다. 내가 내 집에 찾아온 귀한 손님들을 맞이하기 위해 온갖 정성과 세세한 부분까지 즐거운 마음으로 준비했듯이 그들을 위해 머무는 동안 친절하고 편리하고 쾌적하고 인정 넘치는 환경과 배려를 보여준다면 그들에겐 영원히 잊히지 않을 평창동계올림픽으로 기억될 것이다. 모든 관습은 연습이 필요하다.

 어느 날 아침에 이루어지는 것이 아니고 몸에 배어야 내 것이 되고 어색하지 않다. 우리의 정성이 깃든 준비와 노력이 그들의 가슴까지 파고들어 갈 때 영원히 잊지 못할 따스한 인정과 신뢰가 남고 올림픽 동안 그들이 머물고 떠난 그 자리도 아름답게 빛나고 그리워질 것이다. 부디 울림을 주는 만남과 떠남이 될 수 있는 문화올림픽이 되기를 간절히 소망한다.

정중앙이 빚어낸 순백의 향기

　푸른 산과 맑은 물이 굽이쳐 세상을 소통하는 피안의 고장인 양구.
천재 화가 박수근이 향수를 불러일으키는 작품들로 양구의 포근함을
안겨주고, 이해인 시인 수녀님과 대표적인 석학 김형석 박사의 고향으
로 가히 명성을 들어내는 하늘 아래 첫 동네 양구.
　천혜의 자연을 품어 재배되는 해안면 무청시래기와 방산의 벌, 나비
들의 천국에서 흘러내리는 달콤한 꿀은 양구의 특산품 중의 으뜸이다.
　얼마 전만 해도 양구를 가자면 마치 보일러 선 같은 산길을 굽이굽
이 돌아 멀미가 나서 진을 빼야 했으나 직선으로 터널이 뚫려 궂은 날
씨에도 눈비 별로 맞지 않고 터널 몇 개를 거치고 나면 양구에 도착할
수 있다.
　두타연 계곡은 전국에서 찾아드는 사람들로 명소로 자리매김했고
요즘은 소지섭 산책로가 개설되어 더욱 인기인데, 오늘 백자 도자기 박
물관을 찾아와 양구 백자의 모든 것을 대하고 보니 조선의 개국과 함

께 역사의 중심점이 되는 곳으로 부상됨을 보게 되었다.

양구가 낳은 백자의 거장 심룡은 누구인가? 이성계의 발원사리를 담은 백자 그릇을 만든 사람이다. 천혜의 자원 백토가 그 어디에도 찾아볼 수 없는 품귀한 흙이라니 신이 내린 이 지방의 축복이 아닐 수 없다. 백토의 질이 좋아 조선왕조 오백 년간 관요의 왕실백자 생산에 쓰였고 전국에서 유일하게 고려 시대부터 20세기까지 육백여 년 간 백자 생산을 지속하게 하였다니 놀랍다.

박물관엔 백자생산 역사 육백 년을 정립하는 조선왕조의 마지막 관요 분원리 청백 백자와 어깨를 나란히 하며 왕실백자를 서민에게도 확대하였던 조선백자의 마지막 꽃, 방산 청화백자 항아리를 중심으로 질 좋은 양구 백토가 빚어놓은 하얀 조선백자의 은은한 빛과 그 흐름을 펼쳐놓았다.

신분에 따라 그릇을 구별했던 시절 고려는 관요제가 없었는데 경기도에 관요가 설치됐으며 강릉과 울진에도 있었지만 대부분 큰 도시는 없어지고 양구만 남았으니 이유는 백토 때문이란다. 각지에서 많이 출토되나 양구 백토는 임금님 그릇을 만드는 데 가장 적합했기 때문이다.

암반 위로 쏟아지는 낮은 폭포수를 건너 칠전리 1호 가마터 앞에 섰다. 경사진 가마 안, 한 단 한 단이 고고한 백자의 산실인 고랑으로 불길이 스미면 백자는 온몸으로 도공의 혼불을 삼키며 익어 갔으리라. 여기서 익은 백자는 한양으로 임금님 찾아 수라상에 올랐다니 유능한 백자의 기술을 발휘할 수 있었던 사람은 바로 심룡의 후예 양구인이었다.

산으로 둘러싸인 양구는 백토의 진원지요, 청자는 해안을 끼고 있는 강진이다. 백자의 원조 양구. 양구 백자는 양구의 흙으로 양구에서 양구 가마에서 양구 인이 만들어 낸 시작서부터 완성까지 모두 양구에 의한 백자이며 지역 양구에 도자기 박물관을 가지고 있는 곳은 양구가 유일하다는 점이다. 보물 같은 자연을 품어 안은 양구의 이미지 알리기 아이콘을 끊임없이 만들어 내 백자의 본고장으로 자리매김해야 한다. 그리하여 이 아름답고 유서 깊은 해와 달의 정 중앙의 땅인 양구가 왜 우리나라의 중심이 되었는가를 전 세계인이 찾아와 확인하도록 해야 한다.

한국의 나폴리, 삼척

그 옛날에 삼척, 하면 동양시멘트 공장과 죽서루가 고작이었다. 천혜의 산과 물과 바다는 그냥 주어진 생활환경이었기에 눈 감고 귀먹어 묻어져서 귀하고 아름답고 감사할 줄도 모르고 살던 시절이었다. 관광이라는 단어도 회자 되지 않았을 때였다.

바다에서는 고기와 미역과 조개로 생활 방편이 되어야 했고 산은 나물과 땔감의 조달처였으며 강물 냇물은 민물고기잡이와 빨래터로의 기능을 했었다.

잡곡밥으로 연명하고 위치로도 강원도 가장 남쪽에서 경상도와 충청도가 인접하는 변방이기도 했다. 그로부터 수십 년이 흐른 오늘, 하늘과 땅과 바다와 산이 한데 어우러져 환상의 도시로 우뚝 선 삼척을 조명하려 하니 격세지감이다. 그 억척스럽게만 보였던 바다는 한국의 나폴리가 되었고 척박했던 산골짜기들은 청정한 먹거리 보고와 산소탱크가 되었고 땅 속 환선굴과 대금굴은 신비로움을 간직한 금·은

보화보다 더 값진 동굴을 세상에 알리며 세계적인 관광명소로 군림하였다.

같은 동해지만 유난히 더 짙은 쪽빛 바다는 명사십리와 함께 거대한 레저기업 대명이 쏠비치호텔을 세워 자연과 인공이 합을 이루어 어우러진 나폴리 삼척을 탄생시켰다. 새천년 도로의 환상의 드라이브 코스와 해송과 터널을 감아 도는 레일바이크. 그 옆의 몇만 평의 유채꽃밭은 한국관광의 시금석이 되고 출렁이는 바닷가 황영조 기념공원은 마라톤 역사의 시발점이 되었다. 잔잔하고 깊게 숨어 있는 듯한 장호항은 마치 수천 개의 섬을 가졌다는 베트남의 하롱베이를 연상시킨다.

유서 깊은 이사부와 정라항은 싱싱하게 금방 잡아 올린 횟집들로 휴일마다 장사진을 이룬다. 영덕대게라지만 이곳 정라항에서 오히려 더 싸고 싱싱한 영덕게를 먹을 수 있다.

곳곳마다 묻혀 있고 숨어 있는 비경들을 삼척시에서 발굴하고 개발하여 무릇 관광 삼척을 만들어 낸 창의력과 의지와 추진력이 전국에서 부채 없는 제일 지자체로 우뚝 설 수 있게 되었다. 역사적 풍수지리 가치를 인정받은 준경묘 영경묘의 청명제를 중단 없이 이어오게 하고 동시에 전주 이씨 삼척분원들의 종친들도 함께 제례의식을 갖추어 제관 봉행을 해온 전통문화 유산의 지킴이들이었으니 역사의 숨소리를 들을 수 있었다.

이씨 종택의 이끼 낀 지붕과 마당에 서 있는 역사의 맥을 볼 수 있는 고목들이 산 증인처럼 그늘을 드리웠다. 목조대왕이 살았던 생가의 옛터엔 준경묘에 자리한 황장목만큼이나 부피를 자랑하는 아름드리 소나무들이 울창했고 이 생가에도 대대손손 살지 못하고 또 피난지를 향해 옮겨 갔다는 그 허망한 역사가, 담 넘어 펼쳐진 잘 갈아 펼쳐놓은 밭떼기들과 함께 먹먹해지기도 했다.

또한 부인 이씨의 영경묘는 준경묘와 따로 떨어져 자리했는데 친정집에서 마련해준 못자리라고 해 더욱 궁금증과 상상의 나래를 잠시 펴보는 순간이기도 했다.

우주의 역사는 약 137억 년이라고 한다. 이 우주의 역사를 지구의 1년으로 축약해 보면 우주가 탄생한 지 얼마 되지 않은 1월 24일쯤 첫 번째로 별과 은하가 등장하고 태양계는 가을이 시작되는 9월 9일에, 지구는 9월 14일쯤에 모습을 드러낸다. 지구에 첫 생명체가 탄생한 것은 9월 30일 무렵이고 슈퍼스타 부처님과 예수님은 12월 31일 밤 11시 59분 55초와 56초에 차례로 태어난 우주 쌍둥이라 할 수 있단다.

현대 천문학은 31일 자정을 불과 0.2초 남긴 때에야 시작되었다고 한다. 그렇다면 우리는 유구한 우주의 시간 속 정말 찰나를 살아가는 것이다. 다소 비약이 비대한 감은 있으나 137억 년이라는 우주의 나이를 생각하면 한두 살 많고 적음이나 이조 오백 년의 역사도 찰나이다. 이를 개의치 않고 역사와 문화와 천혜의 관광자원을 지키며 끊임없이 세상을 환기시키고 발전시켜나가는 삼척시와 시민, 그리고 관계자들의 관심과 뚝심과 정성과 노력이 마냥 눈부시다.

에덴의 전설, 용늪

　하늘로 올라가는 용이 쉬었다 가는 대암산 용늪. 이 전설의 용늪을 품고 있는 곳이 바로 대한민국 강원도 인제군이다. 하늘은 또 어찌 그리 맑고 푸르던지… 그 하늘 아래 용늪에 신비로운 임광엽, 멸종 위기종을 포함하여 동식물들이 서식하고 있다. 습지식물인 물이끼, 사초, 끈끈이주걱을 비롯한 금강초롱과 희귀식물인 비로용담들이 빼어난 자연경관에 서식한다.

　습지 지역으로 지정되어 보호받고 있는 용늪의 비경과 마주했다. 큰 바위의 대암산은 1,304m로 산자락부터 정상까지 바위들로 이루어진 험한 산이다. 그 1,280m 고지에 자리한 습원은 4천5백 년 전에 형성되었다니 놀랍기만 하다. 같은 지역에서도 지표면의 단단한 정도가 달라서 서로 다르게 침식작용을 해서 생긴 곳, 연중 지하수면이 높고 차고 냉하고 습기찬 기후 환경으로 유기물이 분해되는 속도보다 쌓이는 양이 많아 두터운 이탄층을 이룬 곳.

10월부터 다음 해 5월까지 영하의 기온을 유지해서 서늘함과 170일 이상 안개가 용늪을 덮어 지속적으로 물을 공급해주어 습지 생태계를 유지해 준다니 정말 하늘이 내린 비경이요 은혜의 땅이다.

　20인승 승합차가 대암산 자락을 휘감으며 올라가는 산비탈 길은 하늘에 닿으려 시시분분 숨을 토해 내고, 마주 달려오는 차가 있다면 꼼짝 못 할 그런 좁은 임산도를 끝도 없이 돌아 돌아든다. 아래로는 천 길 낭떠러지. 푸른 하늘에 뭉게구름은 이 생태 지구만큼이나 청정하다. 어찌 이렇게도 이 지방에서 천혜의 보고를 알아보고 이처럼 4천 5백 년 선조들이 간직해 왔던 이곳을 풍요롭고 경이롭게 개발하여 이 미물들에게 찾아볼 수 없었을 모습들을 볼 수 있게 해놓았는지 그저 감사의 마음이 절로 솟는다.

　내 어렸을 적 유년의 시절에 늘 접하고 비비며 살았던 그 하늘, 그 바람, 그 땅, 그 산, 나무 들판, 희귀한 꽃, 꽃들. 습지에서 미꾸라지 잡고 잠자리 쫓고 한발 빠져들어 허우적거리며 발을 빼던 그 자리. 전혀 낯설지 않은 생태습지에 특히 분홍색 함박꽃의 자태는 타임머신을 타고 나를 아득한 어린 시절로 회귀시켰다. 분지에 들어앉아 환하게 웃는 함박꽃이 평화롭다. 정말 지금 생각해도 아름답고 청정한 환경이었다. 생명의 원천이다. 그 자연생태가 이처럼 모두 죽어가는 내 주변 가까이에 이렇게 한 점 손상 없이 그대로 보존되어 내 앞에 펼쳐지고 보니 삶에 힘이 돋는다.

　과거와 현재가 연결되어 작용하는 순간이 너무도 존귀하고 행복하고 가슴에 희열이 솟았다. 이 천혜의 용늪이 오늘 이 순간처럼 잘 보존되어 자자손손 처음 하늘이 열리던 창세기 에덴동산의 보석 같은 신비를 잃지 않고 보전할 수 있다면 일천 삼백 고지의 전설의 바다는 영원한 에덴이 될 것이다.

수필집 출간을 축하드립니다

김운회 루카 주교
(천주교 춘천교구 교구장)

진심으로 축하드리며 축복을 빕니다.

작가 이문열은 자신의 작품 《사람의 아들》에서 신과의 오랜 갈등의
끝을 이렇게 독백으로 고백합니다.

"돌아가자. 헛된 헤맴은 이것으로 넉넉하다. 이제는 자기 속으로 돌아가 침
잠할 때이며, 새로운 개안을 기다려 실체로서의 신과 마주할 때이다. 내가 신
을 찾아 떠날 때가 아니며, 신이 나를 찾아올 때이며, 뒤쫓을 때가 아니라 마
중할 때이다. 신은 반드시 내 길고 애절한 부름에 … 지난 반생의 쉴 없는 추

구에 응하실 것이다."

　인간은 하느님께서 당신의 모습대로 만드셨기에 결국은 하느님께로 완전한 귀의를 꿈꾸고 있습니다. 그 거룩하고 위대한 하느님에로의 무사 귀환을 위한 많은 것이 세상에 존재합니다. 우리들 신앙과 종교가 그러하고, 아름다운 예술이 큰 도움을 줍니다.

　그 가운데 문학이 주는 영향은 이루 말할 수 없이 크다고 봅니다. 인류 역사에 위대한 문인들의 문학 작품은 이를 잘 증명해 주고 있습니다.

　그런 의미에서 글을 쓰시는 분들은 이미 새 창조의 한 몫을 분명히 선물로 받은 것입니다. 축복이 아닐 수 없습니다.

　춘천교구 가톨릭문우회 문집 출판기념회에서 처음 만났고 영동 가톨릭 사목센터와 가까이 있는 문원당으로 인해 인연을 맺게 된 작가 김계남 자매님이 귀한 글을 모아 이처럼 소중한 책을 세상에 내놓게 되었음을 진심으로 축하드립니다.

　현재 춘천여성문학회 회장으로 있으며 이미 강원도 여성문학회에서 보여 준 많은 헌신과 글의 솜씨에 놀라워하던 중, 새 책의 출간은 정말 반가운 소식이 아닐 수 없습니다.

　언제나 주님께서 주신 소중한 탤런트를 땅에 묻어 두지 않고 이처럼 크게 키우는 열정에 찬사를 보냅니다. 그리고 앞으로도 더 좋은 글들을 쓰도록 축복을 드립니다. 다시금 새 책의 출간을 진심으로 축하드립니다.

2018년 10월

자연의 리듬으로 마음을 그리다

신 달 자
(시인 · 대한민국예술원 회원)

김계남의 글을 세밀하게 읽어 본 것은 처음이다. 한편 그리고 다시 한편은 읽어 보았다. 하지만 그의 글을 한꺼번에 읽게 된 것은 나에게 큰 선물이었다.

그를 처음 본 것은 아주 오래전 서정시학에서 한 · 일 교류 시낭송회 겸 바쇼의 하이쿠 기행에서였다. 마지막 날 행해진 뒤풀이 중 서정주 선생님의 시 "국화 옆에서"를 순전히 강릉 사투리로 낭송하는 것을 보면서 나는 그때 눈물의 새로운 성질에 대해 생각했었다. 너무 재미있어 눈물이 죽 죽 난 것을 스스로 바라보면서 말이다. 그 후 그를 가톨릭 문인협회서나 다른 곳에서 가끔 볼 수 있었다. 넉넉하거나 인색하지 않았지만 그렇다고 자신을 까닭 없이 퍼 주는 사람도 아닌 자신의 줄기를 잘 지키는 문인이고 "자신을 지키는 줄기"는 자신의 "안"을 확장하는 사람이라고 생각한다. "안"이 넓은 사람이야말로 바로 세상을 보고 사람을 보고 그런 모든 느낌과 욕구를 고스란히 언어로 표현해내고야 마는 정신의 줄기가 내면의 힘으로 부릅뜨고 있다고 생각하는 것이다. 그의 글은 그렇게 마음으로부터 우러나와 그 안의 넉넉함과 사랑으로 주변과 세상을 보고 있음을 알 수 있다.

그의 글을 고요히 읽다 보면 나 자신도 모르게 가느다란 물결의 리듬을 느낄 수 있다. 그가 사람 이야기를 할 때도 리듬이 느껴지고 그가 집 이야기를 할 때도 그가 자연 이야기를 할 때도 모두 리듬이 느껴진다. 이상하게도 무뚝뚝한 비판을 할 때도 그런 미미한 리듬이 살아있다는 것을 느꼈다. 김계남의 생각과 말과 행동에 문학적 결이 존재하고 있음을 알게 된 것이다. 문학적인 결은 바로 "마음과 정신의 결"이라고 할 수 있지 않겠는가.

그래서 그 어떤 글을 읽어도 나는 약간은 출렁이고 느릿느릿 흔들리면서 그의 글 안으로 함께 흐르고 있었던 것이다. 글은 독자가 함께한다는 것을 우리는 흔히 "공감"이라고 하지만 공감이라는 말 보다 나는 "함께 흐른다"로 표현하고 싶은 것이다.

그의 글에는 읽는 사람을 이끄는 손이 숨겨져 있기 때문일 것이다. 그것이 그의 심성이며 신앙이며 작가로서의 바탕일 것이라고 생각한다.

「모닝콘서트」는 나의 기도가 모든 사람의 기도가 힘찬 성가와 더불어 찬미의 영성으로 흐르고 있는 것이다. "주님! 당신만이 저를 평안히 살게 하시니 저는 평화로이 누워 잠이 듭니다."라는 성경 구절과 만나면 어깨에 힘이 빠지고 그 글 안으로 숨어들고 싶은 생각을 하게 된다. 나를 인도케 하신 주님의 뜻이 오로지 모든 행간을 흐르고 있음을 느끼는 것이다.

그러나 그런 흐름의 행간에 눕고 싶은 평안을 느끼는 것은 바로 「문원당」이다. 한옥의 새벽 여명 그리고 왕대밭 그리고 적송 그리고 소나무 뒷산과의 내통은 무엇이라 하여야 할까. 인간이 그리워하나 만날 수 없는 존재하지 않는 애인처럼 잔잔한 여유와 자연의 향을 그대로 느끼는 소리와 소리들과 함께 그 어디라도 털썩 주저앉거나 눕고 싶은 마음이 일어난다.

문원당의 봄, 문원당의 가을 그리고 여름, 겨울이 눈앞에 걸어왔다가 사라졌다 다시 고요히 걸어온다. 문원당은 계절이 따로 없다. 봄에 가을을, 여름에 겨울을 만난다. 다 뒤죽박죽돼도 좋을성싶은 곳이 문원당이다.

가장 정결한 자연을 신이 선물해 준 것을 발을 들여놓으면 알게 되는 곳…. 들어서면 나무 향으로 넙죽 인사를 하고 집이 아니라 대나무 소나무가 마련한 편안한 안락의자가 준비된 곳처럼 "어서 와요" 따뜻한 손을 내미는 곳, 문원당, 작가의 심성이 여기서 태어난 것과 다름없는 안식의 자연이 거기 있는 것을 알겠다.

김계남은 자연의 소리에만 치우쳐 있는 것은 아니다. '타고난 천성의 부조화로 인해 올바른 이성을 잃고 영혼을 어지럽게 했으며 건강까지 해치는 우를 범했다.' 라고 스스로 자기 자신의 인성을 탓하는 일상의 생활을 겨누기도 한다.

「그 여자와 쓸개 빠진 남자」를 보면 그의 엇박자 놓는 일상의 실수들이 나오는데 작가의 인공적인 심성의 여자가 아니라는 사실만 더 알게 되는 작품이다. 한 번쯤 크게 웃게도 되는 글 안으로 빠져들어 자연의 노래로 자연의 인간을 만들어 내는 추억담으로 되돌아간다.

그리고 더욱 그의 어린 시절에서부터 그의 성장은 역시 자연으로부터 살이 붙고 뼈가 자라나기도 했던 증명서를 보게 되는 것이다. 「소먹이는 소녀」가 바로 그 증명서다. 초원의 언덕에서 소를 먹여 본 적이 있는가. 누구나 경험할 수 있는 일이 아니다. 그렇다면 소먹이는 소녀를 만나보라. 말 없는 소녀의 숨소리와 쓱쓱 소가 풀 베어 먹는 소리와 너무 맑아 파란 하늘이 퐁당 빠져있는 물속에 버들치들이 희끗희끗 배를 뒤척이는 자연 속 더 자연을 만나게 될 터이다. 마치 사람이 사는 곳이라고 생각할 수 없는 청정지역 속의 천국을 상상해보라. 그리고 그 맑은 자연 속에 작은 꽃잎 하나로 자연이 되어있는 작은 소녀를 생각해 보라. 그 소녀는 바로 자연이 키워 낸, 생각하는 사람, 무엇인가 표현하지 않고는 답답한 "작가"로 성장했을 것이다.

글을 읽으면 소우주 안에 들게 되는 법. 김계남의 글은 양질의 자연 속에서 모든 욕구를 내리고 고요히 한 조각 자연이 되려는 마음 그 물결 같은 힘이 흐른다. 공해를 잠시 피하고 싶으신가? 그러면 소먹이는 소녀를 만나세요. 자연스럽게 권하는 글맛을 본 사람의 후감이다.

소는 무엇을 먹는가. 콩깍지, 쌀 등겨, 볏짚을 먹이로 하지 않던가. 자연을 먹고 자연을 키워가는 소를 먹이는 소녀는 모든 공해에 찌든 사람들에게 청정한 양식의 공기 한 사발을 나눠 드리는 기분으로 이 글을 썼을 것 같은 생각이 든다. 하늘도 풀도 흰 구름도 맑은 공기도 이 소녀를 향해 응원하고 있었을 것.

피로하신가? 이유 없는 우울에 시달리시는가? 책 한 권으로 신성한 자연을 만끽해 보시라. 김계남의 글을 읽은 소박한 독후감이다.

시와소금 산문선 · 11

문원당文原堂의 사계四季

ⓒ김계남 수필집, 2018. printed in seoul, Korea

초판 1쇄 | 2018년 11월 10일

지은이 | 김계남
펴낸이 | 임세한
책임편집 | 박해림
디자인 | 유재미 정지은

펴낸곳 | 시와소금
등 록 | 2014년 01월 28일 제424호
발 행 | 춘천시 충혼길 20번길 4, 시와소금 (우-24436)
편 집 | 서울시 중구 퇴계로50길 43-7 (우-04618)

전자주소 | sisogum@hanmail.net
구입문의 | ☎ (070)8659-1195, 010-5211-1195

ISBN 979-11-86550-78-6 03810

값 13,500원

• 이 수필집은 강원도 강원문화재단의 후원금으로 발간되었습니다.